中公文庫

平安京は眠らない

わかむらさきの事件記

夏山かほる

中央公論新社

目次

平安京は眠らない

わかむらさきの事件記

第一話　六条の廃院

一

　平安の都大路から少し入った界隈《かいわい》にふいに風が吹いて、巻き上げていた簾《すだれ》の下の几帳《きちょう》が大きく揺れた。脇息《きょうそく》に寄りかかって物語の草子に夢中になっていた月乃《つきの》は、はっと色白の丸顔を上げた。傍らの文机《ふづくえ》に重ねられていた色とりどりの薄様《うすよう》の料紙が風に散らされ、花びらを撒《ま》いたように広がる。月乃は簀《す》の子《こ》（外縁）まで散らばった薄様を集めようと一歩踏み出した。簀の子から見る庭には女郎花《おみなえし》や竜胆《りんどう》や菊が風に揺らめき、葉月《はづき》（旧暦八月）の空は大分澄んで海のように青い。

　月乃は今し方読んでいた草子の中身を思い出した。主人公の生まれ変わりが唐土《もろこし》に転生し、時の帝《みかど》の皇后と恋に落ちる筋立てだった。まだ見たことのない大海原の先にある唐土がどのような国なのか、想像するだけで胸が躍った。

そこへ、廊《ろう》を曲がって近づいてくる足音がした。外出から戻った月乃の父だった。

「どうだ、手習いは進んだか？　何だ、せっかく良い料紙を取り寄せてやったのに、少しも書いておらぬではないか。そんなことではますます縁遠くなるぞ」

四十代半ばの月乃の父は、娘とよく似た丸顔で、受領《ずりょう》という、地方へ国司として下る中流貴族だった。磊落《らいらく》な性格で、母を早くに亡くした一人娘の月乃には昔から甘い。しかし月乃が二十歳《はたち》となり、適齢期をとうに過ぎた昨今、娘以上に婚姻へ神経を尖《とが》らせるようになった。この頃は、幼少の時から望むままに書物や物語草子を与えたのを後悔するような発言も出始めている。地方を転々とする受領暮らしは娘の身に辛《つら》いだろうと、自分が地方へ下向する時は都の親族の許《もと》で好きにさせていたのが間違いだったと思っているようだ。

「本ばかり読んでいないで、少しは女らしいことをせよ。そんなことでは、竹取の姫のように婿候補から恋文が来ても、はかばかしい返事《かえりごと》は書けまい」

「婿などはまだ結構です。それより父君、今度の任国には私もお連れ下さりませ。私も外の広い世界を知りとうございます」

早くに母を亡くしたせいか、父は月乃を風にも当てぬようにして育てた。一方、大事にするあまり、外歩きなどは普通の親よりも厳しく制限した。月乃は物語や書物を読んで外の世界への想像を膨らませるしかなく、そのせいか、外へのあこがれは人一倍大きくなっている。

「物見などにも少しも出られませぬ。外へ出ることをお許し下さりませ。それ、女郎花や藤袴《ふじばかま》など秋の七草が盛りなれば、野辺に見に行きとうござります」

「公事《おおやけごと》が忙しくて、そなたを遊びに連れて行く暇などない」

　にべもない父に月乃は食い下がった。

「父君にお連れ下されとは申しませぬ。女房たちと参りとうございます」

「ならぬと言っておるだろう。藤袴の藤ではないが、何時《いつ》ぞや、牛車《ぎっしゃ》の榻《しじ》が壊れて難儀したことを忘れたか。女だけで行くなどもってのほかだ」

　月乃は藪蛇《やぶへび》になったことを悔やんだ。父の下向中の何年か前、藤の花の季節に、叔母《おば》と女房たちとで藤の花見に出かけたことがあった。その出先で乗っていた牛車が破損したのだが、あいにく年寄りの牛飼童《うしかいわらわ》と老僕一人しか男手がなく、田舎《いなか》の路上で立ち往生する羽目になった。

「あの時は運良く助けてもらえたものの、あのまま日が暮れておったらどうなったか分からぬぞ」

「あの時は、藤の花の宮さまに助けて頂きました」

　月乃にもその時の記憶が甦《よみがえ》った。出発が遅かったため、次第に日も暮れかかり、おまけに雨まで降ってきたのだ。都までは距離がある郊外で、夜になったら追《お》い剝《は》ぎが出るかもしれない。道ばたで途方に暮れている月乃たちのところへ、偶然これも藤見物に来ていた貴人の一行が通りかかったのだった。紫色に暮れなずむ夕景の中から現れた一行の牛車はびっしりと藤の花で飾られ、静かな雨の中を優雅に進んでいた。

「あまりに雅《みやび》やかで、藤の花の精のお通りかと思いました」

優雅な牛車は、困り切っている牛飼童の傍らで止まった。屋形の中から一言二言聞こえたかと思うと、これも挿頭《かざし》に藤の花を挿《さ》した供人《ともびと》たちがてきぱきと月乃たちの牛車を主人の車につなぎ出す。あれよあれよといううちに月乃たちの車は牛から付け替えられ、藤の花の車に牽《ひ》かれて動き始めた。

暗くなった頃、ようやく家に着き、藤の花の主からは去り際に「今日の形見に」と白い扇に載った見事な藤の花房が届けられた。その扇には、藤の花のような甘く爽やかな香《こう》が薫《た》きしめられていた。後日、藤の花の主が皇族の中でも尊貴な七《しち》の宮《みや》であることが分かった。

「七の宮さまにそんなご面倒をおかけしたとは肝が冷えたぞ」

父は昨日のことのようにぼやいた。

七の宮は、その政《まつりごと》を聖帝の治と讃《たた》えられた先帝の皇子《みこ》だった。この時は二十代後半の青年だったが、すでに和漢の諸芸に秀でた才人との評判が高かった。もちろん月乃はそんなことは知らなかった。けれど、季節を楽しむ風雅さと、自分たちを助けてくれた寛容さを併せ持つ七の宮に強い魅力を感じた。あの時、姿形は見えなかったが、そのせいで七の宮と言えば、恋物語の男君のような幻影が月乃の中に生まれた。

そこへ、庭の前栽《せんざい》の間から、背が高く、細身の水干《すいかん》姿の若者が顔を出す。身のこなしがしなやかかつ俊敏で、よく光る目にどことなく品がある。

「殿さま、もう牛車から牛を外して休ませてもよいですか」

「おおそうだな、休ませてやれ」

父から指示を受け、前栽の向こうに下がろうとした若者は、月乃に気づいてにこりと笑う。

「物語もよいですが、あまりお父君に御心配をかけられませんように」

月乃は、姿を隠すための几帳を引き寄せもせず言い返した。

「余計なお世話です、鶴丸《つるまる》。父君が甘いのをよいことに、主人の娘の私に対し指図がましい口を利くことは許しませぬよ」

「主人の娘と思えばこそ申し上げているのです」

そう言われると月乃には返す言葉がなかった。

鶴丸というこの若者は月乃の一歳下で、田舎の荘園を任せている下司《げし》（下級荘官）の息子《むすこ》だった。月乃の父と鶴丸の父は、主従関係にあるものの、幼い頃から荘園のある田舎でよく一緒に過ごしたため、仲の良い遊び友達だった。月乃の家で使う牛馬の管理も行っており、今は息子の鶴丸が都と田舎を行き来して、牛飼童が足りない時にはその役も買って出ている。

当然幼い頃から知り合いで、月乃の母が存命だった時分は、母娘だけで荘園にのんびり滞在する際、遊び相手となって母に可愛がられた。

月乃は気を取り直して父へ向き直る。

「家にばかりいても仕方ありませぬ。私も、宮中か何処《いずこ》かのお邸《やしき》で女房勤めをしてみとうございます。そうすれば、世間が広がりましょうし、家のことで父君のお助けができるかもしれませぬ」

帝や后《きさき》に仕える宮中や大臣家に女房として出仕することは、数少ない職業婦人として生きる道だった。しかしそれは同時に、多くの人目に自分の姿をさらすことも意味した。世間一般では、女子は邸深く養われ、親兄弟や夫の庇護下《ひごか》で暮らすのが最も良い生き方だと考えられ、女房勤めに良い顔をしない向きも多い。父も顔をしかめて首を振った。

「ならぬ。あのように人目繁《しげ》き場所で立ち働かねばならぬ勤めに出るなど、もってのほかだ」

「なれど、お隣の小姫《こひめ》さまも、土御門《つちみかど》のお邸へ女房としてお出になっていると聞きます。私もよろしいではありませぬか」

「小姫殿は、普通の女房ではない。何やら特別のお役目があるというではないか」

「物語の女房でございましょう?」

月乃の家の隣に住む元式部丞《しきぶのじょう》・藤原《ふじわらの》為時《ためとき》の娘小姫は、月乃と同じく母を亡くした身の上だった。一世《いっせ》の源氏《げんじ》を主人公にしたいくつかの短編が注目され、貴族社会で評判の物語作者として左大臣　源《みなもとの》　雅信《まさざね》の娘倫子《りんし》に目をかけられていた。同年配の月乃とは隣同士のよしみで仲が良く、物語を貸し借りしあう仲だ。今読んでいるこの草子も小姫から借りたものである。創作の腕を評価されて高家《こうけ》に出入りしている小姫を、月乃はかねがね羨《うらや》ましく思っていた。

「つまらぬことを考えるな。女子《おみなご》の幸福は親や夫に守られてこそだ。物語に熱を上げるのはそれまでの暇つぶしにせよ」

父はそう言い残すと足音高く去っていった。前栽越しに二人の様子を見ていた鶴丸は肩をすくめた。

「お父君に、あなた様の願いを聞いていただくのは遥かな道のりのようですな。お隣の小姫さまのようにと思われるのは分かりますが、女人の諸芸を磨かれた方がよくはありませぬか？」

「その口を閉じなされ」

鶴丸は哄笑《こうしょう》を残して去っていく。その後ろ姿を忌々しげに見ながら、確かに、父に許してもらうのは唐土に渡るより難しそうだと、月乃は密《ひそ》かに嘆息を洩《も》らした。

二

土御門邸の磨き抜かれた長い廊を、小姫は扇で顔を隠しながら緊張して歩んだ。廊に面した廂《ひさし》には青々とした簾が下がり、それが倫子のいる寝殿の母屋《もや》まで続いた。簾の向こうには幾人もの人の気配がある。通り過ぎる側《そば》から、風のような囁《ささや》きが簾の隙間から洩《も》れた。

「先日、小姫さまが献上された草子はお読みになりましたか」

「ええ、此度《こたび》も面白うございましたよ」

「私も、読み終わったら貸して欲しいと知り合いから頼まれております。光る君の物語は順番待ちだと言ったら、他のものでもいいとまで言われます」

「あら、私もですよ」

小姫の書く物語に、不幸な生い立ちの貴公子、光る君の恋の遍歴を描いたものがあった。他にも色々な作品を創っているが、主人公の設定が読者の同情を誘うのか、それが最も人気がある。

「確かに小姫さまの物語は面白うございますが、同じ主人公ばかりで、私はそろそろ飽きてきました」

「そういえば」

「他の話はお書きになれないのではないでしょうか」

聞こえたのはおおむね好評だとはいえ、好き勝手な感想も交じっていた。小姫は、次の一言に足が止まった。

「倫子さまは前の分を一晩で読んでしまわれて、早く次を読みたいとお待ちかねだとか」

小姫は一瞬息を呑《の》んだものの、何食わぬ顔で再び歩を進めた。

御前に上がると、倫子は女房たちに囲まれ、色とりどりの絵巻物や贅沢《ぜいたく》に製本された草子を広げた中心から、おっとりとした機嫌の良い顔を小姫に向ける。

「待ちかねましたよ、小姫。今もあなたの草子の話をしていたところです」

「畏れ入ります」

倫子は、小姫がめったに食べることのない唐風の菓子《くだもの》を勧めながら、いくつかの草子を手に取ってみせた。

「先日献上してもらった光る君の物語です。続きが気になって、一晩で読んでしまいましたよ」

それは、小姫が筋立てに四苦八苦した巻だった。しかし倫子の様子から、苦労の甲斐《かい》あって完成度には満足してもらっているようだった。

「あなたの草子は、他のものと異なり、頭《ず》抜けた面白さがあります。一旦読み始めたら、最後まで読んでしまわなくては先が気になって仕方がないのです」

「ありがとう存じます」

礼を言って捻《ねじ》り形の唐菓子《からくだもの》に手を伸ばしかけた小姫に、倫子が無邪気に続けた。

「本日は私の感想を聞きに来たのは分かっていますが、もしかして新しい物語は持ってきてはいますまいね」

小姫は伸ばした手をとっさに引っ込めた。菓子どころではない。先ほどの女房たちのお喋《しゃべ》りから察せられてはいたが、今更どうしようもなかった。

「畏れながら、本日はご用意がありませぬ」

倫子の言う通り、今日は先日届けた物語の感想を聞く日だった。倫子の感想を聞くことは、注文を受けて書く側の小姫にとっては、重要な査定を受けるようなものだった。それに最近は、創作しながらも以前のように筆が進まなくなっていた。自分の思うように気ままに書いていた頃と倫子に見せるために書く今とでは、おのずと執筆の意識が異なるようだった。

「大変申し訳ありませぬ」

縮こまるように平伏する小姫に、倫子はあわてて言い添えた。

「良いのですよ、そんなに恐縮しなくとも。もしあればというだけのことですから」

そして、自分の前に盛り上げられた様々な形の唐菓子を手づから小姫の方に押しやった。

「あなたの物語をたまたま友に貸したら、そちらでも大層な評判になっています。新しい話ができたらまた貸してくれと言われているのです。それに、あなたが光る君以外の物語を書いたらどんななのか読みたいと言う者もおりますし、存分に考えれば、あなたならではの物語が色々とできるでしょう」

倫子は期待に満ちた眼で小姫を見つめた。小姫は何か言おうと思ったが、思い直し微笑《ほほえ》みを作り拝礼した。


控えの間に戻った小姫は、緊張が解け、部屋の隅に座り込んだ。同じく休憩に退出してきた女房たちが、下げ渡された唐菓子をつまみながらお喋りに興じている。聞くともなしに耳に入ってきたのは、先日来話題となっている先帝の七の宮の恋の噂《うわさ》だった。帝を父に女王を母に持つ血筋で和歌にも通じる風流人の七の宮はまた、宮中女性のあこがれの的でもあった。

「聞くところによると、今度のお相手は身分低き女だそうですよ。けれど、身分に合わず品の良い女だとか」

「あら、私は家の女房だと聞きました。それは頼りなげな風情の」

「どちらも違いますよ。身分低き女と思わせて、実はさる高貴な方の奥方だとか。その方の邸に身をやつして通っておられるということです。はかない花の精のような方で、それは熱烈に愛しておられるようですよ」

「その人の邸に？　そんなはずはありません。私が知っているのは、卑しい女を伴ってあちこちへ物見においでになっているということですよ」

「それなら、私も知っています。河原《かわら》の院にしばしばお忍びでいらしているという噂でしょう？」

　河原の院とは、百年ほど前に贅をこらして造営された大邸宅だった。今は住む人もなく荒れ果てているが、名邸の名残は色濃く残り、花鳥風月を愛《め》でる場として有名だった。

「あんな趣深い廃院で逢瀬をお持ちになるとは、さすが風流好みの七の宮さまにございますね」

「私などは、七の宮さまがその折に詠まれた和歌を、知り合いからこっそり教えてもらって知っておりますよ」

「まあ、まことですか」

「して、どのような」

「そんなに簡単にお教えするわけにまいりません。苦労して教えてもらったのですから」

　女房たちは訳知り顔の一人を囲んでいよいよ盛り上がっている。小姫はそこにいるのも飽きて退出しようとした。簾を出る去り際、誰かが無邪気に言い放った。

「お噂を聞いていると、まるで物語を読んでいるような気がします」

　それを聞いて他の者も同調した。

「そうですね。物語の主《あるじ》のようにやんごとない七の宮さまですので、おのずと噂も物語のようになるのでしょう」

「現実においでになる七の宮さまですもの。ある意味、物語より興味が湧きます。物語は少しまどろっこしゅうございますね」

「分かりますわ。物語は自分で読むのがじれったいというか。倫子さまのように、誰かに本文を読ませて自分は絵巻を見ておられるのであれば別ですが」

「誰かから話を聞かせてもらって、耳から入って来るのであれば、物語も噂話も同じようなものですね」

——倫子さまはご自分で読まれることも多い。

そう小姫は反論したかった。しかし、それよりも、自分が精魂込めて創作している物語と下世話な噂話を同列に扱われたことに茫然《ぼうぜん》とし、簾を背に立ち尽くすほかなかった。

三

土御門邸からの帰り、小姫はまっすぐ帰宅する気になれなかったのか、月乃宅に立ち寄った。月乃と小姫の父親は、受領という同じ中流貴族であり、漢籍や詩文を介して親交が深い。父同士の付き合いから、娘たちは自然と親しんだ。

倫子から土産《みやげ》に持たされた唐菓子をどっさり並べられ、月乃は目を丸くした。

「土御門からの下され物です。遠慮せずに召し上がれ」

そういう小姫本人は全く食欲のない様子だった。よほど気の張る用事を済ませてきたばかりに見える。

「小姫さまは、土御門の姫君さまから見込まれておいでなのですね。こんなに珍しい菓子を惜しげもなく下さるとは」

月乃は捻り唐菓子をつまみ上げた。

「私なぞ、父から早く婿を取れと急《せ》かされるばかりで、邸の外へ連れ出してもらえませぬ。叱られないのは、せいぜい小姫さまのお宅をお訪ねする折くらいです。この菓子でさえ、元ははるばる唐から製法が伝わったというのに」

小姫は少しおかしそうに笑った。

「この唐菓子を羨んでいるのですか？」

「そういうわけではないのですが」

月乃はふくれ顔でかぶりを振った。

「これは土御門の厨《くりや》で作られたものでしょうが、この菓子が生まれたのは海の彼方《あなた》の国というではないですか。そう考えると、それが今ここにこうしてあるのはなんとも不思議な気がします」

月乃は、海彼《かいひ》からもたらされた異国の片鱗《へんりん》であるかのように、手にした菓子にしげしげと見入った。

「そんな大げさな」

「大げさではありませぬ。その昔《かみ》私の母が少女だった頃、松浦《まつら》の領巾《ひれ》振山《ふりやま》から大海原を見たそうです」

「松浦というと九州の肥前《ひぜん》ですか？」

「ええ」

月乃は眼前にその光景が広がっているかのように、目をきらきらさせた。

「母は幼少の頃、祖父君《おおじぎみ》の下向で肥前にいたと申しておりました。かの地の領巾振山からは海の彼方まで見渡せ、晴れた日には対馬《つしま》が見えることもあるのだそうです」

そう言って、月乃は和歌をそらんじた。

海原の　沖行く舟を帰れとか　領巾振らしけむ　松浦佐用《さよ》姫《ひめ》

小姫はにこりと微笑んだ。

「万葉集の歌ですね」

伝説の悲恋を詠んだこの歌を、小姫もまた知っていた。

月乃は我に返ったように悄然《しょうぜん》と声を落とした。

「佐用姫伝説の領巾振山からの景色をいつか見たいと思っておりますが、父のこの頃の様子では、私に早く婿を取らせたいようなのです。松浦どころかちょっと遠出することすら難しいでしょう」

他人《ひと》に姿を見せないのがたしなみとされ、貴族女性の外出はままならない。親戚間での交流はあるものの普段は邸内で過ごし、寺社や法会《ほうえ》への参詣などがたまさか許される程度だった。

「小姫さまが羨ましいかぎりです」

月乃はひときわ大きな溜息《ためいき》をついた。

「物語の腕で左大臣さまの姫君にお仕えし、お邸への出入りが許されるなど、夢のような話です」

そう言って月乃は唐菓子を一口かじった。とたんに目を見張る。

「まあ、美味にございますね」

そのままかりかりとかじり出す月乃を、小姫は恨めしそうに見た。

「傍目《はため》には気楽そうに見えるのでしょう。光る君の物語の続きを読みたいと言う人がいるかと思えば、他の物語を読みたいと言う人もおります。一体何を書けばよいのか分かりませぬ」

　小姫は先ほど土御門邸で耳にした話を語った。

　七の宮の恋は、宮廷社会の注目の的であるため、月乃は熱心に耳を傾けた。小姫ははじめ淡々と話していたが、帰り際に聞いた女房たちの心ない会話の段になると、口が重くなる。

「さんざん頭をひねって創作しているのに、噂話と大差ないと言われて、力が抜けてしまいました」

　落ち込む小姫を、月乃は励ました。

「そんなに気落ちなさることはござりませぬ。世間には目で文字を読んで想像を膨らませるより、耳で聞く方を好む人がいるというだけのことです。肝心の倫子さまは、小姫さまの物語を何より楽しみにしていらっしゃるのですから、そのご期待に応えることだけをお考えになればよいではありませぬか。小姫さまのように物語を書ける人は他におらぬのですから、自信をお持ち下さい」

　月乃の励ましに、小姫は首を振る。

「私は、父君の蔵書をあれこれ読むうちに、自分にも書けるかもしれないと軽い気持ちで創作を始めただけです」

「そうなのですか？」

「思いつくままに書いているうちは良かったのですが、今は倫子さまを始め、様々な人の目に触れることが最初から決まっています。自分では良いと思っても、皆がそう思うわけではないと考えると、何やら心持ちが窮屈になってくるのです」

小姫は溜息をついた。月乃にしてみれば、才溢《あふ》れる小姫は難なく創作していると思っていただけに意外だった。

「小姫さまでもそんなことを考えるのですね」

「私など、時を告げなくなったら用なしの鶏のようなものです。それでなくとも嫉《そね》みの目で見られることがあります。そんなことを考えながら物語を創るのは至難の業です」

小姫は再び溜息をついた。

「近頃は一向に筆が進みません、これまでは漢籍や草子をもとに、自分の好きなように綴《つづ》ってきましたが、どうやらそれだけでは話の種が続かぬようです」

小姫がいくら物語をこしらえるのが得意だと言っても、一人の頭で考えるのには限界があるのだろう。

「書物を参考に書くだけではだめなのです。杜甫《とほ》が放浪の中で、王維《おうい》が田園の中で実際の風景を詠んだように、外に出て、実際にその場所へ行って見聞してみなくては。かと言って、どこへ行けばよいものやら」

月乃は小姫の言葉から名案を思いついた。

「小姫さま、うってつけのところがあるではありませんか」

「うってつけのところというと？」

「先ほど仰《おっしゃ》った廃院ですよ」

月乃は、七の宮が女と逢瀬を持っているという廃院に目を付けた。七の宮の恋の話に興味津々なのだ。

「小姫さまは、七の宮さまがそこにおいでになっていると仰ったではありませんか」

「なっているらしい、ということです。それで？」

「その邸を見物に行かれてはどうでしょう。興味深い話が書けるかもしれませぬよ」

七の宮と遭遇したのは一度きりで、それも本人の顔を見たわけではなかったが、あれ以来月乃は時折耳に入る七の宮の評判に気を留めるようになっていた。七の宮の恋の相手が自分であればと夢想することもある反面、あれほどすばらしい人の恋の相手がどんな女人なのかにも関心があった。

けれど小姫は渋面を作った。

「七の宮さまの恋を物語に仕立てよというのですか？　そんなことはできませぬ」

実は、小姫の父藤原為時は七の宮の詩友というだけでなく遠縁に当たり、宮はいわば一族の一人なのだ。

「それに、ここだけの話、倫子さまや土御門のお邸の方々も、七の宮さまのなさりようを近頃はあまりよく思ってはおられませせぬ。父によると、この頃は七の宮さまに面と向かって意見する者も出てきているようです」

「七の宮さまに面と向かって？　それは礼を失するのでは」

「七の宮さまは色にお出しにならずに否定なさいますが、こうも人の口の端《は》に上っては外聞が悪くなる一方だと、父も嘆いております」

「七の宮さまが否定なさっているとはどういうことですか？　そのような仲の女はいないということですか？」

「そうかもしれませぬが、誰も信じる者はおりませぬ。お気の毒なことです」

　小姫はそう言って溜息をつく。月乃は、七の宮について小姫が何か知っているのではないかと興味が湧いた。

「七の宮さまはどんなお方なのですか？」

「さて、私は直接お会いしたことがございませぬ。父や土御門邸の女房方の噂を聞くばかりです。そもそも、大変高貴なご身分でいらっしゃるので、そう簡単にお会いできる方ではありませぬ。でも、ただ」

　小姫はふと気づいたように付け加えた。

「いつか、土御門邸の薫物《たきもの》合わせに判者としてお出《い》でになったことがございました」

「薫物合わせにございますか」

「私は、後の片付けを手伝っただけなのですが、さまざまの薫物が出品される中、結局一番となったのは、判者の七の宮さまが普段から薫きしめておられる香でした。まことに、その場に残っていた七の宮さまの香は、なんとも言えぬ甘く爽やかな薫りで、たいそうゆかしく思われたことでした。みな七の宮さまの心用意の見事さに感じ入ったものです」

小姫は、その時の薫りを思い出したようにうっとりと語った。月乃は、七の宮と行き会った時の記憶を甦らせた。小姫の言う香は、あの時のものと同じに相違なかった。

「それは藤の花に似た匂いでしたか？」

「そう言われれば、そのような」

「やはり。私が助けられた時も同じ香でした」

七の宮は藤の花の香《か》を好み、それに似せた薫物を常用しているようだ。当時の香が漂ってくる気がして、月乃は思わず鼻をひくつかせた。

「ところが、近頃は、土御門のお邸でも七の宮家とのお付き合いを控えようとなさっていて、困ったことです」

倫子方での七の宮の評価が下がれば、遠縁とはいえ小姫の立場にも影響する。それも含めて、小姫はこの問題に立ち入りたくはなさそうだった。しかし、月乃は食い下がった。

「なれど小姫さま、そういうところにこそ物語の新しい種があるやもしれませぬよ」

「物語の新しい種？」

小姫が興味を示す。すかさず月乃は畳みかけた。

「女を伴っての忍び歩きなど、良識のある方々はお厭《いと》いになられるかもしれませぬが、逆に言えばそれほど愛しておられるということでしょう。そういう物語を書けばよいのではないですか」

「それは、そうかもしれませぬが」

「それには、やはり、実際の場所に行って見聞するにしくはございませんでしょう。実地にて見れば、きっとよい趣向が浮かびますよ」

月乃は半ば自分に言い聞かせるように熱弁を振るった。小姫も段々その気になったようだが、すぐに力なく首を振る。

「けれど、例の廃院は六条の外れです。ことに夜など、供人を連れて行くと言っても父が許さぬでしょう」

弱気な小姫の言を遮るように、月乃は声を励ました。

「ご心配には及びませぬ。私によい考えがござります」

小姫の気が向いてきたせっかくの好機を無にするわけにはいかなかった。月乃は目をきらめかせた。

四

案の定、月乃の父は反対した。

「七の宮さまが出入りなさっている廃院に行くなど、ならぬに決まっておるだろう」

しかし、月乃にとって父の反対は予想のうちだった。

「なれど父君、小姫さまは新作が書けぬと困っておいでなのです。お気の毒ではありませぬか」

「だからと言って、何もそんな夜中に出かけて行くことはあるまい。物語なぞ、実地に見聞せねば書けぬというものではないだろう。小姫殿なら、家の蔵書をもとにしていくらでも創作することができよう」

「これまではそうされてきたのですが、創作の種が尽きてしまったそうです。新作が書けなければ、小姫さまはもう土御門のお邸からお引き立てに与《あずか》ることができなくなります。そうなれば、父君もお困りになるのでは？」

澄まして言う月乃に、父は訝《いぶか》しげに首をかしげた。

「なぜ私が困るのだ。為時殿ならいざ知らず」

為時殿とは、小姫の父の藤原為時のことだ。

「私は小姫さまにお約束したのです。父に頼んで、外出させてもらうと。そうしたら、小姫さまは大層喜ばれて」

「何を勝手な約束をしてきておるのだ！」

父は怒って月乃を怒鳴りつける。月乃は涼しい顔で続けた。

「小姫さまは、今回の件でもし上手《うま》く物語をこしらえることができたら、倫子さまにも申し上げると仰っています」

「なんと」

「私たち親子のお陰で新作ができたと、倫子さまや土御門の殿さまのお耳に入れて下さるそうですよ」

「それはまことか？」

途端に父の目の色が変わった。土御門の殿さまとは、左大臣源雅信である。

――左大臣殿のような貴顕の耳に直接入れれば、官人として覚えがめでたくなるのは間違いない。

そのように父の顔に書いてあった。

月乃は首尾良く父の了解を得ることができた。

五

しばらく経《た》った八月十五日の夜、月乃は小姫と牛車で出かけた。二人の父親たちは相談して、それぞれの家から供人を付けた。父たちも付いてくるというのを押し止《とど》めて、なんとか二人と供人だけで外出することができた。鶴丸は大いに不満そうである。

「そんな怪しげな場所に行って、盗賊に出くわしたらいかがされる。女子《おみなご》と老僕だけでは襲ってくれと言っているようなものではありませぬか」

「大丈夫ですよ」

月乃は取り合わなかった。

「仮にも、七の宮さまが風雅を楽しまれる廃院ですよ。嫉妬した女の生き霊が出るならばともかく、金目のものもないでしょうに、無粋な輩《やから》がみすみす無駄足を踏むとは思えません」

月乃はなおも渋い顔をする鶴丸を置いて早々に家を出た。

件《くだん》の廃院は六条界隈の東の端にあった。元は四町とも八町とも言われる広大な敷地に、風情ある木立がこんもりと森の陰を作っていた。ここはその昔、臣籍降下した一世の源氏が、財力でもって陸奥国《みちのく》の塩釜《しおがま》を模した庭園を造成し名を馳《は》せた。観月の名所としても有名だったが、時を経て往事の面影をかろうじて残すに止まり、今は荒れ果てて寄りつく者もいなかった。

裏門近くの柳の陰に、月乃たちは牛車を止めた。月が皎々《こうこう》と月乃たちを照らしている。

「小姫さまと初めてお会いした晩を思い出しますね」

月乃はどこか楽しげに月を見上げた。小姫もそう言われて思い出したようだ。月乃が小姫と最初に出会ったのは、父の代理で出席した観月の宴《うたげ》だった。小姫もそこへ偶然出席しており、同じ年頃の参加者が二人きりなのもあって親しくなった。小姫が苦笑交じりに言った。

「あの時は大変でしたね」

「まことに驚きました。小姫さまが見かけによらず、お気が強くて」

「私の悪い癖です。どうにも我慢できないとつい口を出してしまうのは」

「お陰様で私は助かりましたが、あの時の御達《ごだち》の顔は、今思い出しても見物《みもの》でしたね」

その折のいざこざを思い出し、二人はどちらからともなく顔を見合わせて笑った。

月乃は、物見窓から射し入る月光を斑《まだら》に顔に受けながら、邸の様子を窺《うかが》った。

「荒れているとはいえ、さすが稀代《きだい》の名邸ですね。松の梢を吹く風も何やら趣《おもむ》き深《ふこ》うござります。こんな場所で逢瀬を楽しまれるとは、やはり風流な七の宮さまですね」

興味津々な月乃に対し、小姫は早くも後悔している素振りを隠さなかった。

「さて月乃さま。今宵《こよい》はこれくらいにして帰りませぬか？　何事もほどほどが肝要です」

「でも小姫さま。まだ何も見ておりませぬ」

ようやく外に出るきっかけを摑《つか》んだ月乃は、七の宮会いたさも手伝って反論した。

「こんな由緒ある邸で、こんな風情ある月を見ることができたのです。それ以上は野暮というもの。月乃さまとて、この場所を見るだけでよいと申されたではありませぬか。それに」

「それに？」

「なんでもこの廃院は風流である一方、物怪《もののけ》や盗賊が出るという噂もありますよ」

「まさか」

「まさかと思いますか？　旅の夫婦が雨宿りに泊まった折、妻の方が急に中から出てきた手に引きずり込まれたそうです」

「……それで？」

「翌朝、夫が中を探してみると、そこには無残な姿となった妻が天井から――」

「もう結構です」

この廃院に限らず、古い寺や邸跡にはそんな話がついて回る。そう思ってみると、趣き深いと思った松籟《しょうらい》（松林を渡る風）もおどろおどろしい業風《ごうふう》の余波に思えた。

「さあ、帰りましょう」

「小姫さま、お待ち下さい」

月乃は粘って、邸の周りを一周して帰ることを提案した。牛車は月夜の静寂を破らぬようゆっくりと進み出す。ちょうど邸の裏門に差し掛かった辺りだった。月乃は軽い思い付きで提案した。

「小姫さま。牛車の中から感じられる風流には限りがあります。降りて外に出てみませんか？」

「何を仰せになるのです」

小姫は、予想もしない誘いに呆気《あっけ》にとられたようだ。

「とんでもないことです。それに、誰かに見られたらどうするのです」

しかし、月乃は小姫の狼狽《ろうばい》に頓着せず、もう一押しした。

「せっかくここまで来たのです。月夜とはいえ、ちょうどいい具合に夜の帳《とばり》が私たちの姿を隠してくれます。誰に見咎《みとが》められる心配もありませぬ」

結局、二人は牛車を降り、供人から離れて女二人だけになった。そろそろと、月に照らされる名邸を門戸の隙間から覗《のぞ》こうと近づいたその時だった。

「おや？」

誰もいないと思われた裏門が開けられ、中から人の出てくる気配がする。それとともに風に流された叢雲《むらくも》が満月を斑に覆い、月乃たちを上手い具合に闇の中へ隠した。

二人が息を殺して物陰から覗くと、最初に小柄な供人らしき男が出てきた。その男は、辺りの様子を窺ったかと思うと、引き返し、今度はゆっくりと主らしき男君に寄り添うように出てくる。男君は、簡素な狩衣《かりぎぬ》をまとい、月光の下でも分かる優雅な身のこなしだった。

月乃は、なんとかその顔を見ようとした。上手くいけば直《じか》に七の宮の姿を見ることができるかもしれない。

しかし、いくら目を凝らしても無駄だった。なぜなら、狩衣の男君は顔の殆《ほとん》どを黒い覆面で隠していたからだ。

更に不審なことは続いた。七の宮と見えた人物に続いて出てきたのは、粗末な身なりの太《ふと》り肉《じし》の女だった。造作は派手だが、目つきが悪い。誰に付き添われるでなく、月影に、小袖の裾から脛《すね》も露《あら》わな品のない歩き方を隠さなかった。月乃は自分の予想と異なる姿の女を見て困惑した。

「あれが七の宮さまご寵愛《ちょうあい》の女なのですか？」

小姫も月乃と同じくらい困惑の色を見せながら言った。

「いいえ。私が聞いた話とはだいぶ異なります。土御門のお邸で聞いたのは、ご寵愛の相手は、品のある、頼りなげな、はかない花の精のような美女であると……」

言うまでもなく、眼前の女の姿はそれらとは大きな隔たりがあった。二人が見守る間に、女は七の宮らしき男に追いつく。後ろから袖を引かれ、男は振り返った。その人物は、覆面の上からでも分かる笑顔を浮かべた。太り肉の女が何か冗談を言ったようで、自らけたたましい笑い声を上げた。それに伴って呪いが解けたように身のこなしも粗雑になった。

月乃にはどうしても、この二人が七の宮とその恋人には思えなかった。

おかしい、と月乃が言う間もなく、小姫の袂《たもと》から乾いた音を立てて何かが転がり落ちた。見ると、小さく折りたたんだ懐紙や小筆入りの竹筒や墨壺《すみつぼ》らが、小姫の足下に散らばっている。さすがに月乃は声を殺しつつも詰問した。

「何をやっておられるのです」

「めぼしいことがあれば書き記しておこうと思って」

この夜歩きがあくまで創作の種探しである小姫にとって、手控え一式は必携の具だったのだろう。思いがけず目撃した不審な者たちのことを早速書き記そうとして、手が滑ってしまったのだ。

だが、この物音は、男たちの耳にも届いた。貴公子風の男が、狼《おおかみ》のように喚《わめ》き散らす。

「誰だ！」

言うが早いか物音のした方向に当たりを付け、近づいてきた。木戸を撥《は》ね開け、逃げようとする月乃たちをあっという間に取り囲む。他にも手下がいたのだ。気づけば、みな手に刃物を持っている。月光に鈍く光る切っ先が全て自分たちに向いていると分かり、月乃は震え上がった。しかし、喉をからからにしながら抗弁を試みた。

「そなたたちこそ何者です。ここは、一世の源氏の大臣《おとど》ゆかりのお邸です。そなたたちのような者の来るところではありませぬ。無断で立ち入っているのならば、検非違使《けびいし》庁にお知らせしますよ」

月乃は、小姫にひしと抱きつきながら声をわななかせた。男たちは一斉にあざ笑った。

「検非違使庁だと？　知らせてみるがいい。運良く生きて帰れたらな」

そう言って、いっそう刃先をきらめかせながら、じりじりと輪を狭めてきた。小姫も懇願する様子で声を絞った。

「この竹筒には、高価な獣毛を使った小筆が入っています。墨も上等です。いくらでも滑らかに字が書けます。それにこの懐紙はよく漉《す》かれてえもいわれぬ書き心地です。出先で書いても字が擦《かす》れることなどありませぬ。いずれも良い道具なのです。これらをそなたたちにやりますから、ここは見逃して下さい」

小姫は怯《おび》えた姿ながらも自分の大事な筆記具を差し出した。小姫にとっていかに大事なものを渡そうとしているのかは月乃にも分かった。

――とんでもないことに小姫さまを巻き込んでしまった。

邸の外に出たい一心で、小姫を道連れにしたことを月乃は悔やんだ。

けれど、手とともに震えているそれらの道具を、男は無常にも切っ先ではたき落とす。

そして、氷の上を吹く風よりも冷たい声で月乃たちを戦慄させた。

「読み書きのできることがそんなに自慢か。女子《おみなご》の分際で」

そう言うと、足下に散る小姫の懐紙を踏みにじった。

この懐紙のように踏みにじられ、殺される。月乃は、自分の軽挙妄動をこれほど後悔したことはなかった。男は刃物を上段に構え直す。二人まとめて斬り捨てるつもりのようだ。

「余計なことを言わなんだら、引剝《ひは》ぎで済ませてやったものを。読み書きが自慢なら、あの世で経文でも綴っておれ」

男のかざした刃《やいば》が一際月光を跳ね返した刹那《せつな》だった。男は何かの殺気を感じたのか、身をよじった。その時、月乃は奇妙な薫りに気づいた。それは、男の衣の隙間から洩れてきたものだった。次の瞬間、月乃の頰を矢がかすめ、真後ろの賊の心の臓を貫いた。目をむいて倒れる賊に、月乃は声も出せずその場に座り込んだ。

間髪《かんはつ》を容《い》れず、刀同士のぶつかり合う金属音が鳴り響いた。自分たちを斬ろうとした男に、見覚えのある男が立ち向かっている。

「鶴丸！」

それは、単身で後を追ってきたであろう鶴丸だった。鶴丸は月乃を叱りつけるように叫んだ。

「だから申しましたでしょう！」

言うなり、再び音を立てて賊と刀を合わせた。二人は、抜き身に互いの顔が映るほどの至近でせめぎ合う。と、気合いの声とともに鶴丸が一層の力を加える。気合いに驚いたか、男は一瞬の隙を見せ、次の瞬間、音を立てて刃が折れた。

やにわに、太り肉の女が足下の石を鶴丸に投げつけた。鶴丸は体をひねってよけつつ刀を振ったが、わずかに手元が狂った。鶴丸の刃はすんでのところで男の体を逃し、代わりに刃先がその右頰の上を走った。

頰から血を流しながら男は後ろに飛び退《の》いた。もう一度、女が鶴丸目がけて石を投げつけてくる。鶴丸が体勢を崩した隙に、賊のうち戦える者たちが再び寄り集まった。

――このままでは、数で負けてしまう。

月乃がそう悟った時、通りの向こうからこちらを目指す一行の、馬や犬の声々が響いた。娘の帰りが遅いことを心配した父たちが派遣した警護衆が、迎えにきたのだ。

「命拾いしましたな」

鶴丸が誰に言うともなく呟《つぶや》いた。気づけば賊は姿を消していた。警護衆が連れてきたかのような曙光《しょこう》が差した。月乃は夜明けをこれほどありがたいと思ったことはなかった。

六

月乃たちは鶴丸に連れられて帰宅し、小姫もそのまま泊まっていくことになった。心配でやきもきしていた月乃の父だったが、娘たちが無傷で帰ってきたことを大いに喜んだ。父は客人となった小姫を歓待したがったが、月乃たちは疲れを理由に早々に寝所へ引き上げた。それは方便ではなく、予想外の出来事に遭遇し、ほとほとくたびれ果てていたからだった。

あくる朝、もうだいぶ日が高くなる頃になって、ようやく月乃は目覚めた。否、父たちがいるはずの間から話し声が聞こえて起こされたというのが正しい。誰かが大きな声で怒鳴っているらしかった。不穏な空気を察して、月乃は起き抜けのまま様子を見に行く。部屋に近づくと、鶴丸と父の声が聞こえた。言うまでもなく怒鳴り声は父のものだった。

「だから女ばかりで行くなと申したのに、言わぬことではない！」

「まあ、今回は、殿さまの予想通り、迎えに行ったのが幸いしたのですから、お許しになられてよいのではありませぬか。月乃さまもご無事だったことですし」

鶴丸はなんとか父をなだめようとしているようだ。月乃は思わず割って入った。

「鶴丸、襲われたことは父君には内緒の約束だったではないですか」

「致し方ありませぬ。そもそも迎えに行けと命じられたのは殿さまです。隠しておけるわけが――」

鶴丸の言葉が終わらないうちに、父は目に怒りをみなぎらせて月乃に雷を落とした。

「鶴丸の言う通りだ。親の言うことを素直に聞かぬから、殺されかけるような目に遭うのだ」

父は頭から湯気が出そうな見幕だ。それを見ると月乃は小さくなるほかなかった。

「ご心配をおかけして申し訳ありませぬ」

けれど、月乃が謝っても、娘が命を落としそうになったと知った父の怒りはなかなか解けなかった。

「七の宮さまも七の宮さまだ。いくら風流を好まれるとて、そんな怪しい輩を引き連れておられるとは。このことは朝廷《おおやけ》に訴え出て世に明らかにせねばならぬ」

いつの間にか父は、七の宮の僕従《ぼくじゅう》が月乃たちを襲ったと勘違いしていた。このまま宮中へ向かいかねない父を、鶴丸と月乃は慌てて止める。

「殿さま、それは違います」

「私を襲った七の宮さまは偽者なのです」

しかし、いきなりそう言われても、父が合点のいくはずもなかった。

「一体何を言っているのだ。七の宮さまに偽者などおるわけがない。そなたと小姫殿が廃院で襲われたのは事実だろう。それとも、斬りかかってきたのが七の宮さま本人か家人《けにん》かの違いを言っておるのか」

父の誤解は無理からぬことだった。かといって、出てきたのが全くの偽者で、その偽者に襲われたと、父が納得するように上手く説明する自信もない。

「あれは、七の宮さまではないと思います」

そこへ小姫が現れた。すっかり身支度を調え、懐の扇で顔を隠しながら、部屋の隅の几帳の陰に座る。月乃も急いでその横に続いた。

「小姫殿。七の宮さまではないとはどういうことだ」

「私にもどういうわけかまだよく分かりませぬが、昨夜あそこにいたのは七の宮さまではないように存じます」

「七の宮さまに会ったことがおありか？」

「いいえ」

小姫はかぶりを振って続けた。

「直接お会いしたことはござりませぬ。なれど、父為時から聞かされたご様子とは全く違っておりました。それに」

「それに？」

「それに、昨夜、その男からは奇妙な匂いがいたしました。七の宮さまは、元より藤の花の香を好まれ、この頃もそれに似せた薫物を用いておられます。昨夜の匂いは、そんな香ではありませんでした」

小姫はきっぱり言い切った。月乃も大きく頷《うなず》く。強く否定する二人の様子から、月乃の父の頭もようやく冷えてきたようだった。

「家に帰りましたら、父にもっと詳しいことを聞いてみます」

「殿さま、私も頬に負わせた刀傷を頼りに、あの男の素性を調べてみます」

鶴丸が言い添えると、月乃の父はようやく納得し、その場はお開きとなった。

＊

自分の邸に帰った小姫は待ちかねていた父に詫《わ》びた。

「月乃さまは、私の創作の助けになればと思われ、お誘い下さったのです。私が、倫子さまにお届けする新作に行き詰まっていたので。そういうお気持ちからのことなので、どうか責めないで下さりませ」

父為時は、娘が無事でひとまず安心した様子だ。しかし、続く小姫の主張には思案顔となった。

「するとそなたは、昨夜の男が七の宮さまではなかったと申すのだな」

「さようにござります」

小姫は語気を強めた。

「昨夜の男の香は、七の宮さまの香の匂いではありませぬ。かの廃院に七の宮さまが出入りなさっているなど、根も葉もない噂だったのでございます」

為時は小姫の言葉に耳を傾けたが、眉根を寄せて腕組みした。

「それだけでは、証《あかし》にはなるまい」

「なぜでございますか？」

「その時はたまたま違う薫物だったのかもしれぬ」

「それにしても、趣味人でいらっしゃる七の宮さまが用いられる香とは思えませぬ」

実際に香を嗅いだ小姫は譲らない。為時の言うように他の薫物の可能性はあるが、七の宮のような人物が選ぶものとは思えなかった。しかし為時は首を振る。

「そうだとしても、だ。それを裏付けられる者はおるまい。香の違いなど、その場におった者にしか通用せぬ証だ」

その場にいた小姫には自明のことであっても、その場にいなかった者を納得させるのは難しいということだ。小姫はなおも抗弁しようとしたが、為時は重ねて言った。

「それに、そなたが今言ったことは、図らずも七の宮さまには不利にはたらこう」

「私が今言ったこととは？」

「七の宮さまを趣味人でいらっしゃると申しただろう」

「さようですが」

「七の宮さまが趣味人であることは、都人であれば誰もが知っている。楊柳《やなぎ》に鶯《うぐいす》の飛ぶごときもの。つまり、宮は風雅風流の極みということだ」

「それがなぜ不利にはたらくのです」

小姫はなおも言いつのろうとしたが、為時は咳払《せきばら》いで応じた。

「つまりだ。かの名高い廃院で名月の晩に男女が逢っていたとなれば、いかにも七の宮さまと誰もが思ってしまう。そなたたちも、それ故そんなところへ夜中に行ったのであろう？」

それは為時の言う通りだ。小姫は自分の軽率さを後悔するかのように唇を噛《か》みしめ、父に聞いた。

「なぜそんな噂が流れたのでしょう」

為時はふと厳しい表情になる。しばらく瞑目《めいもく》し、重い口を開いた。

「先帝の御退位の折のことを覚えておるか」

それは、小姫親子にとって、忘れたくても忘れられない事件であり、精神的な傷にもなっていた。

小姫の父為時は前代花山帝《かざんてい》に仕えていた。実務官僚として時を得て帝の親政を支えていたが、わずか二年の御代《みよ》を経て、帝は騙《だま》されるように出家し退位へ追い込まれた。今上《きんじょう》への代替わり後、為時は無官となった。それ以来沈淪《ちんりん》を余儀なくされ、現在もそれは続いている。あの政変が一家の運命を暗転させたと言ってよかった。

当時、退位した花山帝を庇《かば》う者は多くなかった。むしろ花山帝の父冷泉帝《れいぜいてい》を引き合いに出して非難する声が方々《ほうぼう》で聞かれた。

父冷泉帝は、治天の君らしからぬ奇矯《ききょう》な振る舞いで悪評が絶えなかった。しかし、それを耳にした為時は不審の念を露わにした。

「屋根に上って放吟したなど、冷泉の帝のお振る舞いと言われることは、唐土の史書にある暴君の逸話の敷き写しではないか」

確かに衝動的に出家した花山帝は、軽挙のそしりを免れなかった。その花山帝の父に暴君の印象を被《かぶ》せることは、息子なのだから親に似て情緒が不安定なのだという錯覚に繋《つな》がる。しかしながら、冷泉帝の悪評は、為時の疑義など押し流し、ついに記録類に載せられるまでになってしまった。小姫は懸念を示す。

「父君の仰るように、あの時と同じような流れになっていると思います」

七の宮の噂が既《すで》に一人歩きしている以上、この指摘は杞憂《きゆう》ではなかった。小姫は唇をなお強く嚙んだ。

「あんな悪夢はもう沢山でございます。なぜ今になって」

「冷泉帝も花山帝もその政を快く思わぬ方《かた》から陥れられた。此度も七の宮さまの政敵の仕《し》業《わざ》と思うのが筋であろうな」

七の宮の政敵と言われても小姫に分かるはずもない。

「七の宮さまは、帝を父に、女王を母に持たれる皇族だ。皇族の中でも尊貴なご出自の方は、時として難しいお立場になることがある」

為時はそれ以上何も言わなかった。

噂の出所が為時の言う通りだとすれば、そこには根の深い悪意が潜んでいることになる。自らの手に余る問題だと思った小姫は、やにわに自身の文机の前へ座り、何処へか文《ふみ》を書き始めた。


小姫は為時と話した後、密かに倫子の許へ参じた。自分には荷が勝ちすぎるこの案件について相談するためだった。

「倫子さま。私が物語創りのため訪れたあの廃院で会ったのは、七の宮さまではございませんでした。七の宮さまが女と出入りなさっているなどという噂は、でたらめにございます」

小姫の常ならぬ訴えに、倫子は草子をめくる手を止めた。

「でたらめとは穏やかではありませんね。なぜそんな噂が流れるのですか？」

「七の宮さまが風流なのに託《かこつ》けて、お立場に泥を塗ろうとする者がいる気がします。誰とは分かりませぬが、七の宮さまの政敵が流しているのではないかと存じます」

倫子は驚いたように目を見張った。

「政敵の虚言《そらごと》だと言うのですか？」

「おそらく。こちらのお邸でも噂で持ちきりとなり、七の宮さまとのお付き合いを控えようとなさっていると伺いました。偽りの噂でお立場が悪くなるなど、お気の毒だと思います」

「それはそうですが……」

倫子は明らかに困惑した様子を見せた。小姫は構わず続ける。

「それで、お願いがあるのです」

「私にどうせよと申すのですか？」

「倫子さまから女房たちに、そんな偽りを口にしてはいけないと言って頂けないでしょうか？　倫子さまからのお達しならば、皆止《や》めると思います。さすれば、噂はそのうち収まりましょう」

主人の命令とあらば、女房たちは聞かざるを得ない。けれど、倫子は穏やかに首を振った。

「それはできませぬ」

「なぜでございますか？」

「女房たちに他言無用などと命じたら、今度は私が何か都合の悪いことを隠そうとしていると、根も葉もない噂を立てられるでしょう。それに、人の口に戸は立てられませぬ。どんなに私が禁じたとて、どこからか湧きだして洩れていきましょう。それを広めたいと思う者がいる限り、人の噂に蓋をすることはできませぬ」

　倫子の言葉は尤《もっと》もだった。しかし小姫は納得できない。

「なれど——」

「それに」

　倫子は遮るように言葉を継いだ。

「噂を誰が流しているか、証はあるのですか？」

　これには小姫も詰まるほかなかった。あくまで父との話の中で出てきた推論でしかない。

　小姫は答えあぐね、結局黙り込んだ。倫子は慰めるような微笑みを浮かべた。

「人の噂などはかないものです。打つ手がない以上、自然に嵐が去るのを待つにしくはないでしょう」

　これ以上倫子に無理を言うわけにはいかなかった。がっかりした顔を見せないようにしながら、小姫は土御門邸を辞去した。

七

一両日経った夕暮れ時。月乃と小姫は庭の籬《まがき》の下に生い茂る菊を手折る風情で、ひそひそと話していた。月乃は小姫の話を聞いて落胆した。

「ならば、土御門の倫子さまもお手上げというわけですね」

「ええ。父は、七の宮さまの政敵がやらせているのではないかと申すのですが」

「倫子さまの仰せの通り、確かな証がなければどうしようもありませんね」

月乃の胸の奥から悔しさが湧いた。そこへ、割って入るような声が掛けられた。

「証なら見つけましたぞ」

振り返ると夕闇の中に鶴丸が立っていた。

「どんな証を見つけたというのです？」

月乃は意気込んで尋ねた。

「あの晩の斬り合いで、男の顔に傷を負わせました。どこかの下人《げにん》で近頃顔に怪我《けが》をした者はおらぬか、仲間に探ってもらったのです」

小姫は顔を隠すのも忘れて先を促した。

「それで？」

「先の関白殿の家司《けいし》筋に当たる者の家に、怪我をした男がいるそうでして」

月乃は小姫と顔を見合わせた。先の関白は七の宮と対立する皇統と関係があった。鶴丸が見たのはその家司の縁者だったとはいえ、主家の意向を汲《く》んでであろうことは想像に難くない。月乃は気分が明るくなった。

「これこそ動かぬ証ですね。このことを倫子さまにお伝えすればよいではありませんか」

しかし、鶴丸は賛成せず、小姫の表情も冴《さ》えない。

「男を見たのは我らだけです。確かに怪我をしていますが、七の宮さまの噂を流している証もありません。しらを切られればそれまでです」

「倫子さまも打つ手がないと仰せです」

月乃は二人の言い分に反論できなかった。しかし同時に納得もしかねた。

「そんな、作り話に人生が左右されることなどあってよいのでしょうか」

黙っていれば嵐は通り過ぎるかもしれない。けれども、嵐によって負わされた傷が残るのもまた事実だった。月乃は、自分に親切にしてくれたあの典雅な人が傷を負うのは我慢ならなかった。小姫も辛そうな表情をする。

「七の宮さまはお気の毒です。何とかできないものかと思います。確かに、私の物語も作り話です。でも、私は人を楽しませるために物語を創ってきました。人を不幸にするための作り話を広めるなぞ許せませぬ」

これでは物語の価値そのものが毀損される。小姫はそう言いたいようだった。

「全くですな」

「小姫さま。このまま放っておいてはなりませぬ」

「仰る通りです、月乃さま。なれど、私にはどうすることもできませぬ」

小姫は思案しかねるように目を閉じた。土御門の女房たちのことを思い出したらしかった。

「そのうえ土御門邸でも、七の宮さまの噂を物語のようだと面白がる者が出る始末です。私が苦心して創作する意味などないのかもしれません」

「物語のよう？」

月乃は、小姫のこの言葉からあることを思いついた。

「そう、物語ですよ、小姫さま！」

月乃の目が輝きを増した。小姫はいきなりで面食らったようだ。

「と申されますと？」

「物語のように面白いと噂話を信じてしまうのなら、もっと面白い物語を創作されれば良いのではないでしょうか？」

「もっと面白い物語、にござりますか？」

そう繰りかえしつつも、小姫は月乃の真意を察知することができぬように首をかしげた。

月乃は大きく頷いた。

「さようにございます。小姫さまにはずば抜けた物語の腕があるではありませぬか」

「こんな時に褒められても……」

「そのずば抜けた才のある小姫さまならば、悪意の噂などより人の心を虜《とりこ》にする物語を創れるのではないでしょうか」

鶴丸も同調した。

「確かに、小姫さまならできるでしょう」

「あなたは、私の物語を読んだことがあるのですか？」

小姫に尋ねられて、鶴丸はどぎまぎと返事をした。

「いや、男が読んでも面白いはずだと月乃さまがかねがね言っているので」

月乃は鶴丸を押しのけて、小姫の目を覗き込んだ。

「皆の好奇心が噂を広めているのですから、その心を満たす物語があれば、つまらぬ噂など口にしなくなります」

「でも、女房たちの中には字を読むのが面倒という人もいますよ」

小姫は自信なさげだった。

「いいえ」

月乃は大きくかぶりを振った。

「人というのは、良いもの、自分が心打たれたものはついつい他の人にも薦《すす》めたくなるものです。小姫さまが面白い物語をお書きになれば、それは口づてに広まり、書物嫌いの耳にも入りましょう」

「そして、物語を読まぬ男の耳にも入ってくるわけですな」

月乃は物語が持つ力で、悪意の噂を打ち消せるのではと思い立ったのだ。

「小姫さまの物語は、漢籍など古典に材を取っていると、知っている者もいます。その小姫さまの物語が七の宮さまの噂を種として書かれたら、かの噂も古典を材にした作り話だったと皆思うでしょう」

「それは、書くことはできるかもしれませんが、それを書いてどうなるというのです？」

「まことに見えても偽りには所詮実体がありませぬ。ならば、まことのような物語を描いて、つい信じてしまいそうになるそらごとがこの世にはあるのだと、読む人に分かってもらえばよいではありませんか」

小姫は、自分の物語は創作なのだと何度言っても、宮廷社会の在りようが真に迫っているがゆえ、誰が喩《たと》えられているとか、何をもじったものだとか、様々な謎解きの対象になっていることを、常々月乃に愚痴っていた。小姫は小姫で、読者の想像を阻まぬよう、女房たちから尋ねられても、あえて何も答えないことにしているという。月乃はそれを逆手に取ろうと提案したのだった。

「月乃さま。つまり、人々がまことと信じてしまうような物語を創ればよいのですね？」

「さようにございます。現実のことではないかと詮索《せんさく》したくなる物語を読めば、逆に、巷《ちまた》で流布《るふ》する噂にどれほどの偽りが含まれているのか気づくのではないでしょうか。それが、出所が分からなければ分からぬほどに」

物語がまことに近づくならば、世の人々は噂のむなしさを悟るだろう。

「物語の力で、偽りの効力を無にするのです」

小姫の物語ならそれができる。月乃は、物語の力を信じてみましょうと小姫にもう一度頷きかけた。

方針が決まった月乃と小姫は次なる作業に取りかかった。

「さて、月乃さま。筋立てを考えねばなりませんね。こんな噂を流され、七の宮さまはどう思われるか」

「七の宮さまはもちろんですが、宮さまの懸想人《けそうびと》はもっとお辛いのではないでしょうか」

月乃にそう言われて、小姫ははっとしたようだった。噂がでたらめであっても、七の宮のまことの恋人が傷つかぬはずはない。七の宮に愛されるほどの女君ならば、あることないことが耳に入ったとしても、問い詰めたりせず自分の胸に抱え込むのではないだろうか。

鶴丸も同意した。

「確かに、男は辛くとも我慢できましょうが、女にはもっと辛いでしょう」

こういうことは、当事者が何か言えば言うほど、面白おかしく歪曲《わいきょく》されて伝播《でんぱ》する。もしかすると、七の宮はそれを見越して静観しているのかもしれない。

小姫が独り言のように呟いた。

「そういう方は、何も言わずに行方をくらましてしまうかもしれませんね」

小姫はすでに筋を考え始めたようだった。月乃はこれまでに聞いたことのある恋の噂話は何だったか思い出そうとした。

「そういえば、以前、噂を立てられ病に臥《ふ》せってしまわれた姫君がいらしたとか」

「そのお相手は？」

「さて、私が聞いた話では確か……」

娘たちは新しい物語を練り始めた。鶴丸はその様子を見てにこりと笑い、忍び足で暮れ始めた庭の前栽の中へ去って行った。

八

小姫が描こうとしたのは、憶測や欺瞞《ぎまん》に翻弄される悲恋だ。月乃も筋立てを手伝った。

「こういう物語を書かれてはいかがでしょう？」

それは、なかなか会えない恋人同士が、行き違いから心ない噂に振り回され、女君は気に病んで亡くなり、男君も世をはかなんで出家するという物語だった。

数日後、大急ぎで新作を書き上げた小姫は倫子に献上した。光る君の物語以外の作品が受け入れられるかだけが気がかりだ。早速読んだ倫子が小姫を参上させた。

倫子の顔を一目見た小姫は、自分の心配が杞憂だったことを知った。

「此度の物語は、いつもより一層真に迫るものがありましたよ」

倫子の満足げな評価を聞いて、小姫は胸をなで下ろし微笑んだ。倫子は続けて尋ねた。

「光る君の物語とは違う、別の作品にしたのは、七の宮さまの件と関わりがあるのですか？」

倫子に単刀直入に聞かれて、小姫は口ごもった。

「そういうわけでは……」

「無理に答えずとも構いません。あなたが、読み甲斐のある物語を書いたことには違いがないのですから。早速、私の友らに貸してあげることにしましょう」

倫子は、小姫が物語に込めた思いをよく分かっているようだ。その言葉の通り、倫子はいつもより多く写本を作らせた。小姫の新作は、土御門邸から火がつき、あっという間に世に出回った。

今回の物語のように、互いの真意を確かめられぬまま離別する男女は、主たる読者である女房たちの周りの、さまざまな懸想の中にいた。小姫の筆致はそれが物語であることを忘れさせるため、仮想の恋を己《おの》が体験に引きつける者も多い。密かに、これは自分のことを書いたのではないかと小姫に聞いてくる女房もいる。そのたびに小姫は、否定するのに骨を折った。

「これは、あくまで物語です。私の頭の中でこしらえたものに過ぎませぬ。なので、御許《おもと》さまのことをもとにしたわけではありませぬよ」

読者の心に響いた作者の言葉は、その核の部分が物語とともに人から人へ伝わった。すると、中にはしたり顔で言う者も出てきた。

「根も葉もない噂など、よくできた物語に劣ります。誰が確かめたというのでしょう」

「まことに、何の証もないのに当て推量で思い込んだり、広めたりするのは御仏《みほとけ》の教えに反するものではないですか？」

「ほんに、軽い気持ちでしたこととはいえ、知らぬ間に罪得ることとなるなど、そちらの方が恐ろしゅうござります」

「いい加減な噂などに耳を貸すのは愚かなことですね」

こうして、小姫の物語が流行するにつれて、有象無象の噂や醜聞をもてはやす風潮は押し流されていった。その中には七の宮の噂も含まれている。人々は、七の宮が実際に詠作した詩文や和歌に触れて驚嘆し、その声望は以前より高まるようになっていった。

*

　野分《のわき》のように騒がしかった秋が去り、冬がすぐそこまで近づいていた。月乃は、小姫から借りた異国の物語を読むのに夢中になり、炭櫃《すびつ》の火が小さくなっていることにも気づかなかった。肌寒さが急に襲ってきたので、炭を足してもらおうと手を叩《たた》いて端女《はしため》を呼んだ。読み散らかした他の草子を片寄せていると、父が自分で炭の籠《かご》を携えてやってきた。月乃はまた小言を言われるのかと身構えたが、父は思いの外上機嫌だ。

「女子《おみなご》ながら勉強熱心なことだな。感心感心」

　そう言いながら手ずから炭を継いだ。

「為時殿から聞いたぞ。小姫殿の物語創りをずいぶん手伝ったそうだな。土御門でも大変覚えがめでたいそうだ」

　そう言って、父はにんまりとした。日頃はそらごとの物語に耽溺《たんでき》している娘に手を焼いているが、娘がそれを活《い》かして人の役に立ったことが嬉《うれ》しくてならぬようだ。

「お手柄だったな」

　そう言い置くと、父は部屋から出て行った。月乃は思いがけず父から褒められ心が沸き立った。さっそく小姫に礼を言おうと、小姫の家のある方の簀の子まで出る。

　すると、颪に乗って、小姫の親子団欒《だんらん》の笑い声がかすかに聞こえてきた。幸福は等しく小姫の頭上にも降り注いでいるようだ。

「姫君さま」

見ると、女房が何かを捧げて近づいてくる。

「それは？」

女房が手にしているのは、簡素な扇に載せられた一房の藤袴だった。

「どなたからです？」

「さて、それがまるきり分かりませぬ。気づいたらあちらの前栽の隅の辺りにあった由にございます」

花はもう終わりかけだった。月乃が受け取ると、ふわりと甘い香りがする。それはゆかしくも懐かしい香の薫りだった。月乃が女房の言った方角を見ると、そちらは牛車を繋《つな》ぐ宿りの近くだった。月乃は星が光り始めた宵の空を見上げ、ひとり微笑んだ。

甘くさわやかな薫りに包まれながら月乃は眠りについた。薫りは、夢の中とおく異国へと誘《いざな》い始めた。月乃は波の音を聞くように深い眠りに沈んでいった。

第二話　尋ねゆく幻術士《まぼろし》

一

とある冬の日、土御門《つちみかど》邸を訪れた小姫《こひめ》は、いつものように大勢の女房に囲まれて、主人の倫子《りんし》との対面を待っていた。

女房たちは菓子《くだもの》をつまみながら都の噂話《うわさばなし》をしていた。

「小姫さま、本日はどのようなご用事でいらしたのですか？」

「倫子さまが、何やらご用があるようで、お呼びなのです」

「さようですか。ところで、近頃、よく当たる陰陽師《おんみょうじ》がおるそうですが、ご存じですか？」

「そうそう。卦《け》が当たるばかりか、見えぬはずの箱の中身まで当ててしまうとか」

小姫は陰陽師と聞いて辟易《へきえき》した。

「陰陽師なぞ、いかさまも多いのではありませぬか？　最近は、勝手に陰陽師を名乗る者も多いと聞きます」

　小姫に対し、話しかけた女房たちはむきになった。

「中にはそんな者もおるでしょうが、私が聞いたのはいかさまではありませぬよ。何しろ、箱の中身を当てるどころか、他のものに変えてしまうのですから」

「それは、私も聞きました。私の家の者が実際に変わったのを見たそうです。柑子《こうじ》から鼠《ねずみ》に変わったそうです」

「そう、それです。その柑子は、うちの者が持っていったものなので間違いありません」

「それが陰陽道とどう関わるか分かりませぬが……」

「ですから、実際に柑子を鼠に変えたということですよ」

　そこへ、倫子のお出ましの先触れがあった。

　出産して三年経《た》ち、少し余裕のできた倫子は、これまで読めなかった時間を埋めるかのように、小姫の物語を楽しんでいる。しかし今日は、出てくるとすぐ人払いして女房たちを下がらせた。

「あなたに二つ頼みがあるのです」

「何なりと仰せ下さりませ」

「まず一つは、新しい物語を書いてほしいのです。あなたが今まで取り上げたことのない題材で」

「今まで取り上げたことのない題材と仰せになりますと……」

小姫は失礼にならないよう気をつけつつも、驚きを隠せなかった。

「陰陽師の話にございますか？」

確かに今、陰陽師は噂に高いようだが、そうした流行《はや》りものの話を倫子が読みたがることはこれまでなかった。

「そうです。なるべく平易に面白く」

小姫は倫子に、何故《なにゆえ》ですかと尋ねたかったが、それは立場的に憚《はばか》られる。主人に所望《しょもう》される物語を創るのが小姫の役目だった。倫子には小姫の思いが手に取るように分かるようだ。

「あなたが驚くのも無理はありませぬ。私らしくないと思っているのですね。流行りの事物を入れなくても、あなたの書く物語が面白いのは分かっています。それに、私たちのように都に住んでいれば、陰陽師は身近に大勢おり、そんなものの話を読みたいと思うこともないでしょう。都であるからこそ、流行りのもの、最新のものがあるのです。あなたの物語もその一つでしょう。地方にいては、あなたの物語は読めませぬ」

「畏れ入ります」

小姫は、倫子が自分の作品に不満があるわけではないと知って安心した。

ひと呼吸おいて倫子は続ける。

「これは、そのようなものから縁遠い方をお慰めするための贈り物と思ってもらって結構です」

倫子がここまで気を遣う相手は限られる。

「承りましてございます」

小姫がそう言うと、倫子は思い切ったように次なる依頼を切り出した。

「さて、二つ目の頼みです。私が先だってあなたに願ったことを覚えていますか？」

倫子が言うのは、絵巻に合わせて光る君の物語を作者自ら音読して聞かせてほしいという願いだった。

「はい。お耳汚しとは存じますが、ご期待に沿えるよう稽古しております。次に参じた折にでもできればと思います」

「いいえ、違うのです。私があなたの物語を音読してほしいのは、自分のためではありませぬ。もっとやんごとなき方のためです」

「やんごとなき方と仰せになりますと？」

倫子は、先ほどよりもっと答えにくそうにためらった。

「詳しいことは申せませぬが、花山院《かざんいん》のおん血筋を引かれる方です」

花山院とは、小姫の父為時《ためとき》が仕えた先代の帝《みかど》だった。五年前に退位し仏門に入っていた。

「六歳におなりになる姫宮です」

小姫は、一瞬どういうことか測りかねた。花山院には姫宮はいないはずだ。しかし、倫子の表情を見て、それ以上の詮索はためらわれた。

代わりに、別の疑問を投げかけた。

「六歳では、あの物語はいささか早《はよ》うございませぬか」

いくら面白いといっても、大人の世界の物語は、童子に与えるには時期尚早であろう。

「あなたがそう言うのはもっともです。なれど、先方は、姫宮さまの教育のためぜひ取り入れたいと仰せなのです」

聞いてみると、小姫による朗読を頼んできたのは、姫宮の乳母《めのと》のようだった。

「私が、あなたに彰子《しょうし》のためのお話を創ってもらったことを知って、ぜひうちの姫宮にもということらしいのです。あなたが、先帝にお仕えした為時の娘と知って、いたく興味をお持ちなのです」

「なれど、彰子さまにお創りしたのは童《わらわ》向きのお話にございます。光る君の物語というのはいかがなものでしょうか」

「それが、先方の乳母が片はしをうろ覚えでお聞かせしたところ、姫宮がいたく気に入られて続きが知りたいと仰《おっしゃ》ったそうです。それで絵巻の貸し出しと、せっかくなので作者自身に読み聞かせをしてもらえないかとのご希望なのです」

なんとか聞き入れてほしいと、倫子は小姫を拝まんばかりだった。

「私は構いませぬが、やはり内容が難しいのではないでしょうか？」

「それは先方が大丈夫だと仰っています。たいそう賢い姫宮なのだとか。分からぬことこそ作者に聞きたいと仰せだそうです」

確かに、数えで六歳ともなれば、利発な子供は時に大人顔負けの知性を発揮しないこともない。漢籍を教える父が、小姫が男であればと嘆じたのは何歳の頃だったか。困ったことだと思いながら、小姫は結局、絵巻もあるから大丈夫だろうと、押し切られる形で依頼を受けた。

*

小姫の家へ荘園から届いた柑子をお裾分けに来た月乃《つきの》は、誰とも知らぬ高貴な姫宮の話を聞いて好奇心を隠さなかった。

「その、やんごとなき姫宮さまに読み聞かせへ行かれるのですか？」

「倫子さまのたっての頼みとなれば、お断りするなどもってのほかです」

そう言った小姫は慌てて付け加える。

「読み聞かせの稽古を見られてしまったから話しましたが、姫宮のことは他言無用ですよ」

「ご心配めさるな」

簀《す》の子《こ》から、柑子を山盛りにした籠《かご》を抱えた鶴丸《つるまる》が、月乃の代わりに返事をした。小姫はしまったというように扇で顔を隠す。

「言って良いことと悪いことの区別はつき申す。小姫さまが困るようなことはいたすまい」

月乃も勢い込んで言った。

「そうですとも。人知れぬ姫宮への読み聞かせなど、ここだけの秘密にしておきましょう」

月乃は重ねて尋ねた。

「小姫さまは、姫宮さまの許《もと》に参じられる時はむろんお供をおつけになるのでしょうね？」

「供？　いいえ。わたくし一人で参るつもりです」

「姫宮さまのお相手に行くのに、お一人で参上するというのはいかにも軽《かろ》きに過ぎるかと存じます」

「そんなつもりはございません」

「問題は、先方がどうお感じになるかということです」

そう言って、月乃は思い切って小姫に願い出た。

「小姫さま。私をおつきの者としてお連れ下さりませ。ともに参って姫宮さまをお慰めしたく存じます」

そういう話ならば、月乃の父も許してくれるに違いない。小姫は難しい顔をしたが、一方で、供もつれず皇女邸を訪れるのは確かに礼を失するのではと思ったようだ。

「倫子さまがお許しになれば一緒に参りましょう」

「二人が牛車《ぎっしゃ》で出かけるなら供も必要でしょうな」

鶴丸が澄まし顔で付け加えた。そこで小姫はもう一度顔をしかめた。

「そうだ。忘れるところでした。倫子さまから、もう一つ難題を頂いたのでした。陰陽師の話など困ったことです」

「陰陽師がどうかされたのですか？」

月乃は小姫からかいつまんだ説明を受けた。小姫は珍しく創作のことでぼやく。

「陰陽師が出てくる話など書けませぬ。私は陰陽道について詳しくはないのです。それに父は、陰陽師のことを書くなど良い顔をしませんでしょうし」

「ですが、都は陰陽師の話題で持ちきりですよ。箱の中身を言い当てたり、空の袋から鼠を出したり、様々な技を持っているそうです」

月乃は、陰陽師の法力を噂で耳にし興味を持っていた。

「そういえば、市場でそんな芸当を目にしたことがあります。箱の中身を花から小鳥に変えて喝采をもらっておりましたな。高い見物賃を取っていたようです」

「そのような散楽師と陰陽師を一緒にするなど滅相もないことです」

月乃と鶴丸のやりとりを聞いて、小姫は眉間のしわをますます深くした。

「陰陽師ものとは、難儀なことです。法力を使っているところを見に行くわけにもまいりませぬし」

「そうぼやかれますな。私が小姫さまの代わりに話の種を仕入れてまいりましょう」

自信ありげな鶴丸の様子に、小姫は不安そうに月乃を見る。

「大丈夫でしょうか？」

これは姫宮邸へ付いていけそうだと思い、月乃は大げさに保証してみせた。

「大丈夫でございます。鶴丸に任せておけば、思った以上に役に立つ種を探してくると思います」

小姫は月乃と鶴丸を見比べて溜息をついた。

＊

小姫は、帰宅した父為時に倫子からの依頼を報告した。案の定、父は陰陽師ものと聞いて顔をしかめた。父が陰陽師を嫌うのは、花山帝出家事件に端を発している。十七歳で即位した花山帝が、在位当時陰陽師安倍晴明《あべのせいめい》を信任していたからだ。

——陰陽師と聞くと、あの辛《つら》い出来事を思い出してしまう。

それが、父が陰陽師を避ける理由だろうと小姫は考えている。

そんな父が、陰陽師の話を書くことに良い顔をするはずはなかったが、主人からのたっての依頼となれば否も応もなかった。

「倫子さまのお頼み事ならば致し方あるまい」

実直な官人として有能だった為時は、無理やり自身を納得させようとしているようだ。

そして、切り替えるように話題を変えた。

「そも、花山院の姫宮だが、そなたにそんな話がくるとはな」

為時は感慨深げだった。

「花山院が御出家されてから五年になりますが、ご在位の間にお生まれになった皇女さまがおられたとは存じませんでした」

花山院は在位時の六年前、懐妊中の女御《にょうご》を亡くし、一年後に出家した。発端となった女御忯子《しし》は十六歳で懐妊したが、子を身ごもったまま亡くなり、子もその時に亡くなったはずだ。

「私も詳しいことは知らぬ。主上《おかみ》は女御の死の理由を疑っておられた。そのため、出産されたことも秘密にされたのだろう。主上が出家されてからのことは、私もよく知らないので、それ以上話も聞かなかった」

副侍読《ふくじどく》として側《そば》近く仕えた自分に話が下りてこない以上、その時生まれた姫宮の存在は秘匿することが帝のご意思ということになる。話がまことであれ偽りであれ、自分が口を挟む立場にないと為時は弁《わきま》えているのだろう。

「おいたわしい限りだが、その姫宮が物語を読むまでにご成長されたとは、言葉もない」

　懐かしげなその顔は嬉《うれ》しさでほころんでいた。

「私はお目にかかったことはないが、姫宮の乳母はあの頃女御にお仕えしていた側近の女房の誰かかと思われる。倫子さまが彰子さまへ読み書きの手ほどきをなさっているのを知って、己《おの》が主人にもと思ったのだろう。忠義なことだ」

　為時は、往時の後宮を思い浮かべているようだ。それは為時が政権の中枢に最も近づいた時期でもあった。

「そなたの物語を姫宮にとご所望いただくとは名誉なことだ。姫宮の無聊《ぶりょう》をお慰めするためにも精を出してくれ」

　父の願いは、小姫には是非もなかった。

「承りましてございます」

　気の重いお役目と思っていたが、父と話して、小姫の気持ちはすっかり前向きなものに変わっていた。

二

姫宮の住まいは都の外れの目立たない界隈《かいわい》にあった。風情ある木立が築地塀《ついじべい》から覗《のぞ》き、いずれの貴人の住まいか別業《べつぎょう》かに見えたが、こんなところに幼い皇女が隠れ住むとは、月乃には意外だった。牛車の供として来た鶴丸が呆《あき》れたような声を上げた。

「小姫さま、やはり月乃さまとご一緒だと、こんな物寂しいところへ連れ出される成り行きとなりますな」

「何を言うのです、鶴丸。此度《こたび》は、私が小姫さまのお勧めにお供しているのです。それに、この前の外出《そとで》も、小姫さまの創作のためだったのですから」

「まあ、二人とも。声が大きいと中に聞こえますよ」

牛車が門の前に止まると、ちょうど中から男が出てきた。

まだ若く華奢《きゃしゃ》な体格の男だった。粗末な白い衣に貧弱な烏帽子《えぼし》を身につけていた。目は細く感情が分からず、への字に結んだ口元に短い髭《ひげ》が生えている。男のあとから、何か荷物を担いだ下人《げにん》が続く。月乃はなんとなく違和感を覚えたが、小姫に呼ばれ、そのまま中へ入った。

日は高かったが、木立に包まれるように陰った静寂な寝殿の奥へ通された。小姫は物語草子を、月乃は土御門家から貸し出された絵巻を捧げ持って進んだ。

案内《あない》されるまま廊《ろう》を歩むと、手入れは行き届いているものの住む人の気配が感じられない。自分たちを案内してくれている女童《めのわらわ》も足音一つ立てず進んでいる。

「小姫さま。門の外だけでなく、中までうら寂しいですね」

「月乃さま。そんなことを言っては失礼です」

月乃はなんとなく視線を感じて振り向いた。が、当然ながら誰もいなかった。横にいる小姫をちらりと見やると、すっかり緊張している様子だ。月乃はふと、自分たちが狐《きつね》にでも化かされているのではないかと不安になった。

「小姫さま、ちょっと」

月乃が声を掛けたとき、小鳥のさえずりとも子猫の鳴き声ともつかぬ声が背後から、かすかに聞こえた。すかさず振り返ったが、やはり小鳥も子猫もいない。

「どうされたのですか、月乃さま」

小姫が小声で咎《とが》めてくる。

「いえ、小鳥か子猫がいたような」

「私には何も聞こえませんでしたよ。気のせいでしょう。あまりきょろきょろしては失礼です。今日は倫子さまの命《めい》で来ていることを忘れないで下さい」

そう言われ、月乃は恐縮した。

気がつくと、二人は寝殿の廂《ひさし》の間《ま》の前まで来ていた。姫君の調度らしく華やいだ几帳《きちょう》が幾重にも立て回されていたが、隅に置かれた棚に飾り物は少なく、唐《から》渡りの秘色《ひそく》の瓶子《へいじ》などが飾られているほかはがらんとしている。唐物《からもの》と呼ばれる唐土《もろこし》渡りの交易品である秘色の瓶子は、遣唐使が廃止されて以来、国内に存在するものは貴重品だった。公式に唐物を入手する手段は絶え、唐物の価値は上がっている。隠された存在の皇女ではあったが、その財産の一部として皇室由来の唐物を所有したとしても不思議はなかった。また、亡き母女御から遺《のこ》された遺品である可能性もある。いずれにせよ希少な財産であることは月乃にも分かった。

その奥の間の前には御簾《みす》が下ろされていたが、中にいるはずの皇女の姿は見えなかった。月乃の視線を遮るように、ある女房が進み出た。月乃たちより一回りは年かさで権高に口元を引き結んでいる。これが姫宮の乳母と思われ、月乃はあわてて小姫に従い平伏した。

乳母は心なしか気まずそうに咳払《せきばら》いをした。

「せっかく来てもらいましたが、生憎《あいにく》、本日は都合が悪くなりました」

「ご都合がお悪いとは？」

「実は、姫宮さまは蒲柳《ほりゅう》の質でいらっしゃいます。効験ある祈禱《きとう》などを受け、徐々に健康になっておられますが、何かと調子を崩されます。本日も、先ほどまでこちらにお出《い》ででしたが、御心地《みここち》が悪《あ》しゅうなられて寝所へお引き取りあそばしたのです。これからお薬を服《の》んで頂かなくてはなりません」

小姫は平伏したまま謹《つつし》んで聞いている。月乃は少しだけ顔を上げてそっと御簾の中を窺《うかが》おうとした。再び何かの鳴き声が、今度はよりはっきり聞こえる。乳母は顔をしかめて再び咳払いをした。

「そういうわけなので、また日を改めて……」

乳母がそう言った途端、脇の几帳の一つから突然子猫が転がり出た。真っ白い毛の塊が乳母の頭を飛び越えたかと思うと、小姫の背中で鞠《まり》のように弾み、月乃の鼻先をかすめて簀の子の方へ逃げ去る。取り澄ましていた乳母が金切り声を上げた。

「フフフ」

几帳の陰から我慢しきれなくなったような笑い声がこぼれた。

「姫宮さま！」

唐草地紋の上に花鳥紋を織り出した二陪《ふたえ》織物《おりもの》の几帳の帷《かたびら》から顔を出したのは、無邪気な顔で笑う童女だった。両目を三日月の形にして笑み、粒の揃《そろ》った歯をすっかり見せて屈託なかった。月乃は目が合い、ついつられてにっこり微笑《ほほえ》み返した。

「姫宮さま。また起きてこられましたね。お体に障りますから、お床へお戻り下さりませ」

乳母は威儀を正しながら、諫《いさ》めるように幼女を促した。これが、密《ひそ》かに生まれ育った花山院の姫宮のようだった。

「猫を探しに来ただけだよ、常磐《ときわ》」

　てらいもなく乳母にそう答えた姫宮は、興味深そうに月乃と小姫に目を向けた。

「この者たちが読み聞かせの女房なの？」

「さようにございます。なれど、読み聞かせはまた今度に致しましょう」

「いや、もう具合は良くなった。ぜひ、この者たちに物語を読んでほしい」

「ご無理をなさいますと、またお熱が出て幾日も臥《ふ》せることになりますよ。御寝所にてお薬を奉りましょう」

　常磐は他の女房に目配せして、姫宮を連れて行かせようとする。姫宮は一瞬顔を曇らせた。と、両手で腹を抱えその場にうずくまった。

「イタイ」

「いかがなさいました⁉」

「お腹《なか》が痛い」

「なんと」

「お腹が痛くて、ここから一歩も動けぬ」

　そう言って、板敷きの床の上でみるみる丸く体を屈《こご》めた。高貴な生まれだが、その様子はだだをこねる普通の幼児だった。

小姫ははらはらした様子でこの騒ぎを見守っている。月乃は思わず吹き出してしまった。

「畏れながら姫宮さま」

月乃は思い切って進み出た。

「こうされてはいかがでしょう。姫宮さまは御簾の奥にてお休み下さりませ。さすれば、私どもは、御簾の此方《こなた》から読み聞かせをさせていただきまする」

姫宮は、我が意を得たりとばかりにぱっと顔を上げる。姫宮の読み聞かせはこうして実施された。姫宮の希望で御簾は上げられ、小姫は間近で音読する栄誉を得た。月乃も特別に許されて姫宮の傍らで絵巻を繰る役目を仰せつかった。

「前《さき》の世の御契《おんちぎ》りや深かりけむ　世になくきよらなる玉の男皇子《おのこみこ》さえ生まれたまいぬ」

「玉の男皇子が、光る君なの？」

「さようにございます」

「何故《なにゆえ》、〝おのこ〟皇子なの？　〝おとこ〟では？」

姫宮の問いは幼いながらに鋭かった。

「〝おのこ〟ならば、身分の低い男を指すのに、帝の皇子に使うのはおかしい」

月乃は小姫と目を合わせて微笑んだ。月乃は真面目《まじめ》くさって手がかりをほのめかした。

「姫宮さま、光る君の母君はどんな出自の人でしたか？」

「母君は、既《すで》に父親が亡くなって後見の弱い人……、ああ、出自が良くないから、その人を母に持つ皇子は〝おのこ〟皇子なのだね」

聞きしに違《たが》わず聡《さと》い姫宮に、小姫も作者として嬉しそうだった。

「尋ねゆく幻術士《まぼろし》もがな　つてにても魂《たま》の在処《ありか》をそこと知るべく」

「幻術士とは、陰陽師のことなの？　陰陽師に頼めば、母君の御霊《みたま》を訪ねることができる？」

姫宮は物語に興味が尽きぬようだ。考えてみれば、出生時に母を亡くし、父帝とも疎遠に暮らす姫宮の境遇と、主人公の光る君のそれとは通じるものがあると、月乃は気づいた。

「姫宮さま、陰陽師は妖術使いではありませぬ。あくまで朝廷《おおやけ》に関わる物事の吉凶を占うのが役目の者たちに過ぎませぬ。それより、朝に夕に御仏《みほとけ》を拝みなされば、きっと御仏が願いを叶《かな》えて下さるでしょう」

「まことに？」

「まことにござりますよ。私も母を亡くしましたが、御仏にお祈りしたら、夢に母を見ることができました。慈悲深い御仏は、哀れな衆生《しゆじょう》をお見捨てになることなどなさいませぬよ」

光る君だけでなく、母を亡くしたのはここにいる三人に共通していた。小姫も優しい目で姫宮に頷《うなず》きかけた。

姫宮は何度も朗読を中断させ、何度も絵巻を繰り戻させた。姫宮がようやく聞き疲れ乳母に止められたのは、日ももう暮れかかった頃だった。

「本日はここまでに致しましょう。この方たちも帰る時間です」

「ここに泊まっていけばよいではないか。そうすれば、もっと続きが読める」

姫宮は名残惜しげだ。小姫も残念そうに答えた。

「姫宮さま、申し訳ありませぬが、父が心配するので本日は帰らねばなりませぬ」

「そなたたちは家に戻れば父が待っておるのか。よいな。私には女房たちしかおらぬ」

それまで快活だった姫宮が目を伏せがちに言った。

そう聞くと月乃は心が締め付けられた。

「また近々日を改めて参ります」

月乃は言い聞かせるように、姫宮の目の高さに合わせて声を掛けた。

「ならば、草子と絵巻を置いていってくれぬか」

予想外の頼み事に、月乃と小姫は一瞬言葉に詰まる。

「それは、……いささか難しいかと」

「少しの間だけでよい。そうしたら、またすぐ来てくれるだろう？」

すがるように言う姫宮を乳母がなだめた。

「姫宮さま、我《わ》儘《まま》を仰ってはなりませぬ」

月乃は今日の姫宮の様子を思い返してみた。世間から隠され育てられた姫宮の身辺は、自分が思っていた以上に寂しい。姫宮は、明日になれば、また寂しい暮らしに戻ることになる。今日が楽しければ、尚更《なおさら》そう思うことだろう。草子と絵巻があれば少しは心の慰めになるのではと思った。

「小姫さま、二、三日ならばよいのではありませぬか」

小姫も月乃と同じような気持ちになっていたようだ。

「承知いたしました。そういうことでしたら、仰せを承ります」

本来ならば、主人である倫子の許可が必要だったが、小姫もほだされたように了承した。

乳母は何度も礼を言い、こう言い添えた。

「姫宮は、あなた方のことをいたくお気に召されたようです。まことに、是非また来て下さるよう」

月乃は一も二もなく頷いた。あの小さな姫宮に再び会えることは純粋に嬉しいと思った。

小姫も頷いている。

とっぷり暮れた宮邸の門前では、鶴丸が牛車の前で待ちくたびれていた。

「今日は何事もなく帰れそうですな」

月乃と小姫は牛車に揺られながら今日の出会いを振り返った。

「姫宮さまに思ったより喜んで頂けたと思います。伺うことができて良かったです」

小姫はほっとした様子だ。月乃も、幼い姫宮が気晴らしできて良かったと思った。

「私たちは母を亡くしていますが、あの姫宮はお父君とも離ればなれでお気の毒です」

姫宮の無邪気な笑顔を思い浮かべると、その孤独がなお強く感じられた。

＊

帰宅した小姫と月乃から話を聞いた為時は喜んだ。

「そのように、利発にお育ちとは。やはり主上《おかみ》の血をお享《う》けになっただけのことはある」

為時の瞼《まぶた》に在りし日の花山院の姿が浮かんでいるようだ。為時にとって主上とは、今でも花山院だった。

「まことに。それに、幼いながら感性に優れたお方とお見受けしました」

「まさにそういうところが、親子でいらっしゃる」

言いながら、為時の目に光るものがあった。

「美しいもの、芸術的なものを愛されたお方だ。書画から様々な楽器類や道具類まで、佳《よ》き品々を多く蒐集《しゅうしゅう》され、賞美されておられた。姫宮も、日頃間近でそうした文物に親しまれ、自然と感性を磨かれていらっしゃるのだろう」

しかし、聞いていた月乃はいささか不審を抱いたようで、首をかしげた。

「花山院から譲られた宝物に囲まれていらっしゃると？」

「そうであろう」

「それは少し違うような……。お邸《やしき》のうちは、がらんとしていて、宝物らしきものは殆《ほとん》どなかったように拝見しましたが……」

続いて小姫も同意した。

「きちんと整えられてはいましたが、贅沢《ぜいたく》な文物が飾られているというわけではありませんでした」

小姫は奢侈《しゃし》な室礼《しつらい》や調度のたぐいに溢《あふ》れた倫子の邸を知っている。そちらと比すると、為時が話すのとは大分趣が異なっていた。

「女房方もむろん伺候なさっておられましたが、失礼ながら、人数や装束など、皇女の格式としてはむしろ寂しいようにも見えました。花山院は、もしやこのことをご存じないのではないでしょうか？」

小姫の疑問を為時は言下に否定した。

「そんなはずはないと思うぞ。主上は出家されて以来、諸国を旅しておられ都にはご不在でいらっしゃるものの、姫宮のことは世間に隠しているとはいえ疎《おろそ》かにされるような方ではない。それに、そういう事情は、今上《きんじょう》もご承知され、姫宮が健やかに暮らせるよう配慮されているはずだ」

「それはそうでしょうが、院や今上では、姫宮の生活の細かい点まではお気づきになれぬかもしれませぬ。そうしたことは母方の仕事ですから」

確かに、為時の言うように、生活に困っているという感じではなかった。ただ、贅沢品も特になく、皇女の暮らしぶりとしては妙といえば妙だった。

　しかし、為時は小姫の意見にも首を振った。

「最近、亡き母女御の父君は太政大臣となられ、病がちと伺うが、お孫君を不如意な目に遭わせるはずもあるまい。母女御の遺品も姫宮に多くお譲りになっておろう。おお、そうだ」

　為時は大事なことを思い出したというように顔を上げた。

「姫宮さまは、御佩刀《みはかし》をお持ちのはずだ」

「御佩刀にございますか？」

「花山院が亡き女御にお贈りになった御佩刀が伝えられているはずだ。唐渡りの二つとない翡翠《ひすい》が柄《つか》に嵌《は》め込まれているという。それは、姫宮が間違いなく院の皇女である証《あかし》になるものだ」

　そんな財物は普段外に出しておかぬはずで、小姫たちの目に触れようがなかった。小姫は困ったように月乃を見た。

「小姫さまの言う通りです。御佩刀のことは分かりませぬ。ただ、皇女の格式は保っているのですが、何というか、あるべきものがなくがらんとしているような」

「あるべきものがなく？」

「例えば、古式ゆかしい二階棚などはあっても、そこに飾るべき調度があまり見当たらないというような」

「そうでしたね。最近になって取り片付けたのかもしれませぬが」

小姫も月乃の意見に追随する。つまり、月乃と小姫が見てきた姫宮邸は、為時が想像しているよりもはるかに寂しい様相だった。為時は黙り込み、考え込みながら奥へ引っ込んだ。小姫は、何か悪いことを言ってしまっただろうかと心配になったが、それが何なのか分からなかった。見ると、月乃も困ったような顔つきをして、為時の去った方を見やっていた。

土御門の倫子へ小姫が報告に上がったのはあくる日だった。小姫の報告に倫子も不審がった。

「おかしなこともあるものですね。事情のある姫宮さまなのだから、尚更そうしたご苦労のないように慮《おもんばか》るのが普通でしょう」

「さように存じます」

「私の方でもそれとなく調べておきましょう。それはそれとして、先だって頼んだ陰陽師の草子の進み具合はどうですか？」

勘のいい倫子は、小姫の反応を見ただけで察したようだ。

「あなたも花山院の姫宮さまへのご奉仕などで忙しかったと思うので、仕方ありませんね」

「申し訳ありませぬ」

小姫はひたすら平伏する。倫子は小姫を見ながら語り出した。

「実は、いま斎宮《さいぐう》へお贈りする都の品々を、宮のご実家の方で集めておられるのです」

「斎宮への贈り物ですか？」

伊勢《いせ》神宮に仕える伊勢斎宮は、八歳になる恭子《きょうし》女王だった。三歳で斎宮に卜定《ぼくじょう》され五歳で伊勢へ下っていた。

「まだ八歳でおられる斎宮のおんために、ご実家の方で時折こうして、お喜びになりそうなものを集めて贈るらしいのです。あなたの物語もきっと喜ばれると思ったのです」

幼児の頃、乳母とともに群行して以来、斎宮が都に戻ることはなかった。斎宮の余りの幼さを不憫《ふびん》に思わない都人はおらず、そんな中、都で流行っている話をという気遣いはいかにも倫子らしい。小姫は斎宮の年齢を聞いて、光る君の物語を持って行った花山院の皇女の顔を思い出した。

「お小さい斎宮さまに楽しんで頂けたら光栄に存じます」

倫子は安心したように微笑んだ。

「あなたならそう言ってくれると思いました。実は、陰陽師の話をというのは、斎宮のご実家からのご要望なのです。いま、都で評判の者の話にご関心があるようです」

斎宮の使いは、都の最新の流行りものや見聞した話を斎宮への土産《みやげ》としていた。そこで、都で評判の陰陽師にも興味を抱いたらしい。怖いもの見たさも手伝って、都には様々な怪《かい》異譚《いたん》が溢れている。幼い斎宮なら、そんな今時の話も面白がるかもしれなかった。

「質《たち》の悪い噂話より、あなたの作る上質な物語の方が良いでしょうから」

そう倫子に言われると、小姫も前向きになった。

「陰陽師の技など眉唾だと疑う者もおりますが、そういうことでしたら、斎宮さまが読まれるのにふさわしいようなお話をこしらえてみます」

小姫は、早々に倫子の御前より下がり、次なる目標に向けすっきりとした思いで土御門邸から出た。

三

月乃は、牛車の中で胸を躍らせていた。

あれからまもなく、皇女邸から使いが来て、月乃を通いの女房に雇いたいという話が伝えられた。同時に隣宅にも話が行ったようだが、小姫は既に土御門邸に通いの女房として仕えていることもあり断ったという。月乃は、渋る父を説得した。

「姫宮さまは宮中では隠された存在です。その分、今上や、やんごとないわたりから、密かな庇護《ひご》を受けておられます。そんな方にお仕えするなど名誉なことではありませぬか」

「それはそうだが、かえって厄介ごとに巻き込まれはせぬか」

「まだ稚《いわけな》いお年頃でいらっしゃいます。ほんの少しお相手をして差し上げるだけなので、そんな心配はいりませぬ。それに、通いでよいとのことですし」

通いの女房ならば小姫と同じだ。月乃はそう主張してなんとか父の了解を取り付けたのだった。

「そんなに浮かれていて大丈夫ですか」

心配して付いてきた鶴丸が、鼻歌を歌ったわけでもないのに勘付き、牛車の脇から声を掛けてくる。

「大丈夫です。母君がご在世の折は、よくこうして縁のある上《うえ》つ方《かた》の許へご挨拶に伺ったものです。お亡くなりになってからは、父君に止められてしまいましたが」

鶴丸は、やれやれというように肩をすくめた。

「季節の挨拶に行くのと女房勤めでは全く違いますぞ」

「母君は父君と婚姻する前は、女房勤めをして世間の様々なことを見聞きしたと言われておりました。私も母君のようにできたらと思うのです。そうすれば、いつか松浦《まつら》の海も見に行けましょう」

　これはそのための第一歩だった。それに、月乃はあの小さな姫宮に会うこと自体が楽しみだった。

「畏れ多いことですが、姫宮さまと私は母を早くに亡くしたという意味では、同じ身の上です。お労《いたわ》しいことに、姫宮さまは生まれた時から母君がおられませぬ。私でお役に立つのならば、行って差し上げたいのです」

　姫宮邸で、月乃は乳母の常磐から歓迎された。

「よく来てくれましたね。先日は、姫宮も大層喜んでおられました。次にそなたが来るのはいつかと、それは心待ちにされていました」

「畏れ入りましてございます」

「私もこのところ体の具合が良くなく、姫宮のお世話を十分にできないのを心苦しく思うておりました。近頃は、女房の人手も減ってきて困っていたところです」

　そう言われて、月乃が周囲を見回すと、この前来た時より更に伺候する女房の人数が少ない。また、飾り棚や調度品も、前回あった物がなくなっていた。

「姫宮さまのお姿が見えないようですが」

　月乃の問いに、常磐は表情を曇らせた。

「実は、姫宮さまはあの後体調を崩して寝込んでおられます」

「では先日は」

「光る君の物語の作者から直接読み聞かせをしてもらえると、大分無理をして起きておられたのです。読み聞かせは喜んでおられましたが、あまりご熱心になると、お体がついていきませぬ」

あの日の姫宮は、初めて月乃たちを迎え、はしゃいでいた。その一方で、常磐がしきりと加減を気にしていたことも思い出される。自分たちは良かれと思ってしたことだったが、それが姫宮の体の負担になってしまっていたことに月乃は思い至った。

「申し訳ありませぬ」

「そなたたちのせいではありませぬ。こちらが、倫子さまにお願いして来てもらったのですから。それに、姫宮のおん宿世《すくせ》がご盛運に転じるのも、もうまもなくのことです」

常磐は奇妙なことを口走り、月乃はつい聞き咎めた。

「姫宮のおん宿世がもうまもなく変わるのですか？」

しかし、常磐はそれには答えなかった。

「そなたの顔を見れば元気になられるやもしれませぬ」

月乃は姫宮の寝所へ通された。姫宮は衾《ふすま》の中でうとうとしていたようだが、月乃が来たと知ると喜んで起き上がる。

「喉が渇いたから、白湯《さゆ》を持ってきておくれ」

　そう言って乳母を去らせ、にこにこと月乃を見る。乳母の言う通り、先日より少し面瘦《おもや》せして見えた。

「お加減はいかがですか？　ご無理なさってはいけませぬ。常磐殿から聞きました」

「無理などしておらぬ。少し風病《ふびょう》に罹《かか》っただけだよ。寝ていれば治るのに、常磐は、薬や陰陽師など大げさ過ぎる」

　姫宮は不服そうに頬を膨らませた。

「風病に陰陽師、でござりますか？」

　姫宮の言う通り、それはいささか大げさだ。月乃は懐から柑子を数個取り出した。

　姫宮は顔をほころばせ、早速手に取りながら答える。

「そうだ。評判の陰陽師の祈禱はよく効くと常磐は言うけれど、頭が痛くなるばかりで少しも良くならない。陰陽師が持ってくる薬も嫌だ」

「薬を処方するのですか？」

「何やら、黒い丸薬を服ませようとする。服んだふりをしていたら、この前は常磐に見つかって叱られた」

　月乃は苦笑して言った。

「良薬口に苦しと申します。お服みになれば、元気におなりになりますよ」

「ううん」

姫宮はきっぱりと首を振った。

「服んだ後は必ず気分が悪くなる。服まない方がいい」

そう言った後、姫宮は少し咳《せ》き込んだ。月乃はあわてて姫宮を寝かせた。

心配した月乃は、あくる日も姫宮邸に参じた。しかし、対面は許されない。月乃は応対に出た常磐に尋ねた。

「姫宮は、一体どこがお悪いのですか？　医師《くすし》に見せた方がよいのではないですか？」

常磐は、きっと月乃を睨《にら》みつけた。

「姫宮さまを苦しめているのは怨霊《おんりょう》です。その怨霊を調伏《ちょうぶく》しなくてはなりませぬ」

月乃は急に、常磐が何を言っているのか分からなくなった。その時、先日案内してくれた女童が足早に参上した。

「お見えになりましてございます」

「さようか。すぐにお通しせよ」

月乃の頭の上で飛び交うような会話の後、女童は取って返した。やって来たのは、ここへ初めて来たとき門前ですれ違ったあの男だ。中へ入ってきたので、月乃は急いで手近な几帳に身を隠した。

男はちらりと月乃の方に目をくれたが、特に気にする風もなく、奥の飾り棚の前に陣取った。飾り棚には姫宮の持仏と思われる小さな御仏の像が安置されている。一尺ほどの像だったが、金箔《きんぱく》で覆われた精巧な造りで柔和な面差しをした弥勒菩薩《みろくぼさつ》だ。

男は持仏に正対すると、舐《な》めるように眺めた。そうしておもむろに懐から何かが書き付けられた布と数個の黒い算木《さんぎ》を取り出し、自分の前に置く。月乃はその時、この男は陰陽師だと気づいた。

陰陽師は口の中で何やら呟《つぶや》きながら印を結び始める。呆気《あっけ》にとられて目を転ずると、常磐は他の女房たちとともに陰陽師の後ろに座り、両手を合わせて拝む格好をした。

月乃は常磐にいざり寄って囁《ささや》いた。

「常磐さま。この者は何者ですか？」

常磐は、月乃の問いかけも耳に入っていないようだった。

「元はと言えば、姫宮がおん母君のお命と引き替えにお生まれになったのも、邪星《じゃせい》の仕業です。邪《よこしま》なる怨霊は封じ込めねばなりませぬ」

月乃は、常磐をまじまじと見つめた。身仕舞いはいつも通りだったが、注視すると、目の奥に尋常でない色が見える。

気づくと、邸の奥から別の女房が捧げ物を持って現れた。財物の一つである唐渡りの秘色の瓶子だった。

月乃が驚いたのはそれだけではない。女房はその瓶子をうやうやしく陰陽師に差し出したのだ。月乃はわけが分からぬまま、眼前の光景をただ黙って見つめるより他なかった。

結局月乃は、姫宮には会えずじまいだった。釈然としない気持ちを抱えて辞去し、そのまま小姫宅へ寄った。自分が見聞きした顛末《てんまつ》を、小姫と為時に報告せずにはいられない。

為時は、謹厳な顔つきをいつも以上に曇らせた。

「乳母の常磐というのは、亡き母女御さま付きだった女房だ」

為時は往事の後宮で見知っているようだった。

「主人大事で先走るところはあったが、裏表のない忠義者だった。それが、そんなことになっていたとは。だから、忠告しておいたものを」

悔しさとも悔恨ともつかぬ溜息《ためいき》が為時の口から洩《も》れた。小姫が口を開く。

「かねがね父君は、先帝の頃から陰陽師など当てにならぬと思っていたと仰っていますね」

月乃は、昔のことはよく分からなかったが、現在の姫宮に怪しげな者が近寄っていることに危惧を抱いていた。

「先の帝が陰陽師を信任なさっていたことは、前に話した通りだ。その者だけでなく、帝は事あるごとに陰陽師に卜占《ぼくせん》させておられた。その都度、吉凶をあまりにお気にされぬよう申し上げていた」

良事吉日を選び天神地祇《てんじんちぎ》を崇《あが》め卜占祭祀《さいし》を行うのは普通のことだ。人々は占いの結果に一喜一憂したが、合理的根拠が乏しいものも多い。為時は、恣意性が高い呪術的儀礼と見なし、帝の地位にある主君が道を誤らないよう近臣として注意を促した。

「物事の吉凶は人智の与《あずか》り知らぬところ。陰陽を占《うらの》うたとて、それがまことか否かなど見極められるはずもない。どんな吉兆が見えても、人は死ぬる時は死ぬものだ。逆もまた然《しか》り。しかし、その恣意を故意に利用せんとする者は、古《いにしえ》より後を絶たぬ」

　月乃は眉根を寄せて聞くうちに、為時の本意を次第に理解した。

「古から、陰陽道を自分に都合良く使う者がいるということですか？」

　考えてみれば、陰陽の結果など何の裏打ちもない。月乃はこれまで、そういうものだと頭から信じ込み、疑おうなどとは思いもしなかった。信じないことで凶事が降りかかるのを避けたかったからだ。

「陰陽や占いの卦に従わなければ、不吉なことを招くのではないのですか？」

「陰陽道は古来の知恵だが、殷周《いんしゅう》の昔ならばともかく、今日《こんにち》において信ずべきものと決めつけずともよい。毎日を蔑《ないがし》ろにせず、誠実に務めを果たせばそれでよいのだ」

　為時は淡々と語り、そこに、学識を拠《よ》り所《どころ》として帝を支えたという文人官僚としての自負が覗いた。

「陰陽師など、朝廷《おおやけ》の中では一介の役人に過ぎぬ。吉凶を見るといっても、そういう役目というだけだ。それを徒《いたずら》に持て囃《はや》すのはいかがなものか」

　確かに、吉凶は既に存在するものであり、陰陽師はそれを報告しているに過ぎない。吉凶を、陰陽師自身が定めるかのように崇めるのは誤りであるように思えた。

「伊勢の斎宮は、ご神託を朝廷にお伝えにはなりますが、政治に関わったりなさいませんしね。なれど、陰陽師には奇《くす》しき力が備わっていると聞きます。それ、箱に入れた中身を言い当てるとか」

「父君。それなら、私も聞いたことがあります。柑子が入ったはずの箱を見て鼠がいると言い、実際に中身は鼠になっていたそうです」

「そのような技は、元々陰陽道にはないであろう？　見えないものを当ててみせるなど、安っぽい見世物のようだな」

　話を聞いているうちに、月乃は夢から覚めたような気がした。小姫も同じ思いのようだ。

「姫宮さまが気がかりだ」

　旧主思いの為時の言葉には、幼い皇女を救わねばという忠義心がにじんでいた。

四

　為時と娘たちは三人で姫宮邸を訪れた。応対に出た常磐は、簾《すだれ》越しに尖《とが》った目を三人に向けた。為時は穏やかに挨拶する。

「常磐殿、お懐かしゅうございます。娘が此方さまにお世話になっていると聞き及び、ご挨拶に伺った次第です」

「式部丞《しきぶのじょう》殿も息災で何よりです」

久闊《きゅうかつ》を叙する為時に、常磐はやや気勢を削《そ》がれた様子だ。昔を思い出したのか、こちらも当時の官名で呼び、挨拶を返した。

「姫宮さまは臥せっておられますが、そなたが参られたことは後で伝えておきましょう」

「お気遣い畏れ入りましてございます。ところで……」

為時はさりげなく周囲を見回した。月乃から聞いていた通り、先帝の皇女として譲られたはずの財宝めいた道具や調度は一切見当たらない。その代わり、大げさな護摩壇《ごまだん》が急ごしらえで設置され、幣《ぬさ》が結界のようにそこここに貼られていた。

「常磐殿は、陰陽道に熱心と聞いております。しきたりに沿うのは大事ですが、卜占はあくまで卜占に過ぎませぬ。僭越《せんえつ》ながらあまり頼りすぎては、姫宮さまにとっていかがかと存ずる」

「姫宮さまのおん為だからこそです」

常磐は、久しぶりの再会にもかかわらず、むっとした表情を隠そうとしなかった。花山帝事件後初めて会う為時を、政敵そのものであるかのように睨みつける。月乃や小姫のことは目に入ってさえいなかった。

「姫宮さまは、本来ならば、先帝の女一の宮として何不自由ないご身分で世の尊崇を集められるお立場のはずです。それが、こうして世間から隠れるようにお暮らしになっているのは、母君も父帝《ちちみかど》も、おん宿世が拙《つたの》うていらっしゃったがゆえのこと」

姫宮の父母の宿世を拙いと言った常磐を、為時は咎めることができなかった。

常磐は、女御の出産時を思い出したように涙ぐんだ。女御の乳母子《めのとご》（養君《やしないぎみ》とともに育った乳《ち》きょうだい）だった常磐は、危篤となった女御を必死で看護し、仮死状態で生まれた姫宮を取り上げたのだという。

「陰陽師殿によれば、姫宮さまの生まれ星に怨霊が取り憑《つ》いているそうです。その霊が姫宮のこれまでの御不運のもととのことなので、退治を頼んでいるのです」

常磐が言いつのるほど、為時の目には、常磐が哀れに映った。為時は気持ちを抑え、口を開いた。

「菅公《かんこう》（菅原道真《すがわらのみちざね》）の例を引くまでもなく、怨霊になったと言われるのは無実の罪を着せられた人にございます。花山帝は、今超俗の身となられ仏道修行に励んでおられると伺います。そのような帝の姫宮に、なんでまことの怨霊が取り憑きましょうぞ。そんなものは、怨霊でも何でもありますまい。ただの下等な物怪《もののけ》、いや物怪ですらないかもしれぬ」

「お黙りなされ」

為時になんと言われようと、常磐は聞く耳を持たなかった。

「今頃、忠臣づらをしてやって来て、なんの甲斐《かい》がありましょう。姫宮のことを聞きつけて、何か恩恵に与ろうとの心づもりですか」

月乃と小姫は声を上げた。

「常磐さま、あまりにひどいお言葉です」

「父には、そんなつもりはありませぬ」

しかし、常磐は容赦なく続けた。

「そもそも、こうなったのも父帝がにわかに世をお捨てになったがゆえです。お若く、お気持ちが純粋でいらしたのを利用して、そなたたちが兼家《かねいえ》公と通じ、御出家をそそのかしたと聞いています」

「そんな、誰がそのようなことを」

為時もさすがに聞き捨てならなかった。はっと思い当たったように続ける。

「まさか、その陰陽師ですか」

常磐は悠然と頷いた。

「そんな時に、主上を止めようとされたのは安倍晴明さまだけです」

「それは……」

常磐は、為時の抗議を全く受け付ける様子もなかった。手を叩《たた》いて女童を呼び、為時たちに辞去を促す。

「姫宮のことは私がお守り致します。陰陽師殿の祈禱によって怨霊が退治されれば、全てが上手《うま》く行くのです。そのためなら、いくらつぎ込んでも構いませぬ」

為時は愕然《がくぜん》としたように顔を上げた。

「主上が亡き女御さまに贈られた御佩刀《みはかし》はいかがされた。まさか、それも陰陽師に貢いでしまわれたか」

「御佩刀も、姫宮が恙《つつが》なくお過ごしならばこそあれ、こうして役に立って本望だろうと申せましょう」

真っ青になった為時を横目に、常盤は微塵《みじん》も後悔していないように見えた。小姫がおそるおそる尋ねる。

「私が先日お預けした草子と絵巻を、そろそろお返し願いたいのですが」

前回読み聞かせに来た時、せがまれて置いてきたが、あれは小姫の主人である倫子の持ち物だ。置いてくるにしても倫子の許可が必要だった。それは是が非でも今日持って帰らなければならないものである。しかし、それらしいものは見当たらない。常盤は平然と言い放った。

「陰陽師殿によれば、母を亡くした皇子の物語など、王統腹《わかんどおり》の姫宮にはふさわしゅうないそうな」

「そんな。それでは、絵巻と草子はいずこに？」

「験《げん》が悪いと、陰陽師殿が引き取っていかれました」

小姫は二の句が継げない。三人は、そのまま這々《ほうほう》の体《てい》で寝殿から退散させられた。その際、為時は視線を護摩壇へ向けるのを忘れなかった。

鶴丸を待たせていた牛車に乗り込み、為時は呟いた。

「あれは、明日か明後日《あさって》にでもまた陰陽師がやってくるな」

月乃は扇を顔にかざしながら、今しがた出てきた姫宮邸を見やった。

一行は小姫の家で相談した。月乃は小姫に言った。

「常磐さまの目を覚まさせなければなりませぬ」

「なれど、どうやって分かってもらえばよいのでしょう？　陰陽師の言うことをすっかり信じきっておられます。父君、何かお知恵を」

だが、為時は黙って考え込むばかりで、何も答えない。外で聞いていた鶴丸が中に入ってきた。

「身分の高い人が世の中を知っているとは限りませぬからな」

「それは、どういう意味ですか？」

「最初から、陰陽師の技などまやかしだと言っておりましょう」

鶴丸が自信ありげに答えた。

「鶴丸、何かよい知恵を思いついたのですか？」

「まあ、いいではないですか。姫宮の許へ次にいつ陰陽師が来るのか確かめてくだされ」

鶴丸はそれ以上は語らなかった。三人は、そこに望みを託すしかなかった。

五

月乃は姫宮邸の女房にこっそり、次に陰陽師の来る日を聞いた。果たして、為時の言った通り、日数《ひかず》を経ないですぐにやって来た。月乃は女房に頼み込んで、小姫とともにその場に紛れ込ませてもらった。

予定の刻限となり、陰陽師はもったいぶった顔つきでやってきた。とそこへ、奥から騒ぎ声が聞こえてきた。

「嫌じゃ！」

声の主は姫宮だった。常盤に引きずられるようにして護摩壇の近くへやって来た。

「姫宮さま。本日は、陰陽師殿の祈禱を直接お受けになって下さりませ。そうすれば、お加減もずっと良くなりましょう」

「嫌じゃと言うに！」

姫宮は髪を振り乱して抵抗した。

「そのような者の祈禱など受けとうない！」

陰陽師は不敵な笑みを浮かべて、姫宮を眺めている。そして、空《くう》で印を結び、瞼をきつく閉じた。

「見えましたぞ。姫宮には怨霊だけでなく火鼠《ひねずみ》の物怪も取り憑いており申す」

「火鼠ですと？」

「さよう」

陰陽師はふてぶてしい顔で答えた。

「火鼠は氷水で退治せねばならぬ。姫宮に氷水をおかけせよ」

「氷水を？」

さすがの常磐も、この寒空に氷水を姫宮にかけるなど躊躇《ためら》われるようだった。

姫宮が常磐の手から逃れようともがく。

「嫌じゃ！」

「乳母殿が躊躇っているうちに、姫宮はどんどん悪くなられる。それでもよいのか？」

「それは……」

「乳母殿ができぬなら、私がやろう」

そう言うと、陰陽師は乱暴に常磐から姫宮を引き剝《は》がした。

「放せ！」

姫宮が陰陽師の手を思い切りひっかく。思いがけない姫宮の反撃に、陰陽師は虚を衝《つ》かれた。

「助けて！」

姫宮は陰陽師の手を払うと、女房たちの隅にいた月乃目がけて倒れ込む。月乃は姫宮を抱き取るやいなや、小姫とともに後ろへ庇《かば》った。

「何と恐ろしいことを言うのです。こんなお小さい方に氷水をかけよなどと」

月乃の目は怒りに燃えていた。

「そなたのような者が、まともな祈禱をできるわけがありませぬ」

「何を言う！」

小姫も落ち着き払って言った。

「火鼠など、本朝におるわけがありませぬ。あれは、竹取の翁《おきな》の物語にあるそらごとです」

「お前たちは自分が何を言っているのか分かっているのか」

陰陽師が焦りを押し隠すように、威圧的に喚《わめ》いた。

「お前たちなど、鼠に変えてやるぞ。それでもよいのか」

そう言われて、陰陽師の技を信じていた月乃はややひるんだ。常磐は、それぞれの間にいておろおろとするばかりだった。

「おやめなされ。これは、何としたことです。姫宮さまの御身を浄《きよ》めている最中だというのに」

「この者にそんな力はありませんぞ」

いつの間にか鶴丸が中へ入ってきていた。

「鶴丸！」

「お前は何者だ。何を以《もっ》てそんなことを言う」

陰陽師は鶴丸を睨みつける。常盤が鶴丸の言葉を聞き咎めた。

「そんな力はないとはどういうことですか？　この方は、箱の中の柑子を鼠に変える、れっきとした法力をお持ちですよ」

「その通り」

陰陽師は自信ありげに頷いた。

「法力がないなどと、どういうつもりだ？　お前にも術を見せてやろう」

そう言って、護摩壇の脇に盛られた柑子を、近くにあった小箱に入れて蓋をした。鶴丸はそれを見てからからと笑った。

「それには及ばぬ」

そう言うが早いか、陰陽師が持つ小箱を奪い取った。

「何をする！」

鶴丸は構わず、離れたところで小箱を持ち、何やら真言を唱えた。そうして素早く印を結んだかと思うと、鮮やかな手つきで小箱の蓋を開ける。途端に、数匹の子鼠が中から飛び出した。常磐は足下にまとわりつく子鼠に金切り声を上げた。一瞬、皆の注意が常磐に集まる。その隙に鶴丸は陰陽師に近づき、すかさずその左腕を高く上げた。

「それ！」

陰陽師の衣の袖から、何匹もの子鼠がこぼれ落ちた。これには堪《たま》らず、月乃と小姫も悲鳴を上げた。

「この鼠をどうにかせよ」

常磐が手を打って人を呼んだが、現場は大騒ぎとなっている。ようやく、子鼠が一匹残らず部屋から追い出されたとき、陰陽師もまた姿を消していた。

六

月乃と小姫が鶴丸の牛車で姫宮邸を訪れた小春日和《こはるびより》の午後、常磐は塩を掛けられた青菜のように、几帳の陰で萎《しお》れかかっていた。

「私が愚かでした」

不遇な姫宮のためならばと、陰陽師に言われるがまま宮家の財物を差し出した自分が許せないようだ。月乃はためらいがちに尋ねた。

「それで、姫宮さまのお加減はいかがですか？」

「陰陽師の祈禱がなくなったら、重しが取れたように回復しておられます。お顔の色も日一日と良くなって、一安心にございます」

「陰陽師が、薬と称して毒を盛っていたのでしょう」

眉根を寄せた小姫の言葉を聞いて、月乃も陰陽師の姑息《こそく》さにぞっとした。

「自分を信じるよう、姫宮のお加減を悪くする毒を盛っていたということですか。宮家の財物まで取り上げた上に」

そう言いかけて、月乃は急いで口元を押さえた。常磐は青ざめたまま黙りこくっている。姫宮の寝殿は、今やがらんと殺風景だった。月乃が初めて訪れた時には置いてあった唐物の調度や道具類もすっかりなくなっていた。

小姫が周囲を見回している。先日置いていった草子や絵巻はやはりどこにもない。常磐の言う通り、陰陽師が持ち去ったのだ。小姫が思わず大きな溜息を洩らすと、常磐が身を縮めた。

「小姫殿の物語も取り上げられてしまいました。私のせいで申し訳ありませぬ」

常磐の声は今まで聞いたこともないように弱々しい。月乃はさすがに気の毒になった。

「常磐殿が悪いのではありませぬ。悪いのは、あの陰陽師でしょう。盗人に遭《お》うたようなものです」

そう思って諦めるほかない。そう小姫に言おうとすると、小姫もすっかり弱り切った様子だった。

「月乃さまの言う通りかもしれませぬが、倫子さまになんと申し上げればよいやら。まさか、まことに宮邸に盗人が入ったと言うわけにはいきませぬし、それにしたとて、私がお許しを得ないで置いてきたことは分かってしまうでしょう」

倫子の信頼を損ねることは、小姫にとって何より避けたいことであるのは、月乃にもよく分かっていた。

「私が、倫子さまにお詫《わ》び申し上げます」

常磐の思い詰めた口ぶりから、自分の責任を痛感している様が窺える。しかし、と月乃は思った。

「常磐さまは姫宮さまの乳母です。姫宮さまは公《おおやけ》には隠された存在でいらっしゃいます。そんな方にゆかりのあなたさまが倫子さまの許へお出でになったら、嫌でも人目につきましょう。姫宮さまのためにも自重なさるべきです」

「私も、そのお気持ちだけで十分です。倫子さまには私の方からきちんとご説明いたします。きっと分かって下さると思います」

几帳の陰で、常磐は聞いているのかいないのか分からなかった。ただ消え入りそうな声で詫び言を繰り返した。

「姫宮さまの乳母として、私が責任を取ります」

日はいつの間にか傾き、そぞろ寒い夕闇が漂ってくる。簀の子近くの前栽《せんざい》に控えた鶴丸が身じろぎする気配が、枯れ葉が触れあう音から伝わってきた。

帰る頃には寒々とした満月が空に掛かっていた。人気《ひとけ》のない道すがら、牛車の中で月乃と小姫も沈み込んでいた。車輪の傍らに寄り添う鶴丸も黙々と歩んだ。

「あれは、まずいでしょう」

鶴丸が急に口を開き、誰に言うともなく言った。静まりかえった小路の上で、その声は月乃たちにもはっきりと届いた。何がまずいのか、問わずとも月乃には分かった。

「戻りましょう」

承知とばかりに鶴丸は即座に牛車の向きを変えた。一瞬呆気にとられた小姫だが、すぐに事態を飲み込んだようだ。

姫宮邸に戻った月乃たちは、下仕えや女房たちが止めるのを振り切り、先刻までいた部屋に踏み込んだ。戸や蔀《しとみ》が下ろされ閉め切られた中へ入った途端、むせかえるような薫物《たきもの》の匂いを感じる。先ほどはしなかった刺激のある匂いだった。

「これは」

月乃に続いて入ってきた小姫は、とっさに袖で鼻を覆った。

「薫《かお》りを吸ってはなりませぬ」

そうして、下ろされた蔀の掛け金を外し、大きく上へ上げた。続いて閉め切られた戸も一杯に開け放つ。月乃も鼻を押さえながら聞いた。

「小姫さま、これは？」

「唐土渡りの丹薬《たんやく》でしょう。劇薬で、使い方を誤れば死に到ると父から聞きました。早く空気を入れ換えなければ」

姫宮家の下仕えたちが右往左往する中、鶴丸は構わず戸を開けていった。冬の夜の冷気が滝水のように流れ込んだ。

「常盤どのは？」

月乃は、一人残っていたはずの常盤の姿を探す。先ほど常盤がいた辺りの几帳は横倒しになり、誰もいなかった。鶴丸が無遠慮に中へ乗り込んだ。

「ここだ！」

鶴丸は几帳の奥の襖障子《ふすましょうじ》を開け、隣の小部屋に踏み込んだ。むっとする熱気が籠《こ》もり、その中が最も薫りがきつかった。部屋の中央に薄く煙を上げる香炉が置かれ、常盤はその傍らに倒れている。鶴丸は鼻を袖で覆ったまま、もう片方の手で香炉を取り上げると、そのまま簀の子に出て近くを流れる遣《や》り水に放り投げた。

「常磐さま！」

月乃が助け起こしても、常磐の手は力なく垂れ下がり、閉じた瞼は開かなかった。

「常磐さま！」

小姫も傍らへ来て常磐の体を揺すった。しかし、しだいに顔から血色が失われようとしている。月乃と小姫はあらん限りの声で呼んだが反応はない。これ以上はもう手立てがなかった。

「常磐！」

振り返ると、女房に抱きかかえられた姫宮の姿があった。以前よりさらに痩せやつれている。しかし、目にはしっかりと光が宿り、声には張りがあった。姫宮は、常磐に取りすがって叫んだ。

「常磐！　そなたまで、私を置いて行ってはならぬ！」

母を喪《うしな》い父とも縁遠い姫宮は、今また乳母まで喪おうとしていた。その悲痛な叫びが届いたものか、彼岸《ひがん》へ渡ろうとしていた常磐は、うっすらと目を開けた。土気色の唇を震わせる。

「姫宮さま、申し訳ありませぬ。あのような者に騙《だま》されておめおめ生きていかれませぬ。姫宮家ばかりか倫子さまの持ち物まで取られてしまうなど、姫宮に仕える身として世間に顔向けができませぬ」

「常磐が死ぬことなどない。私が置いていけと言ったから取られたのだ。悪いのは私だ。私が倫子殿に謝ればよい」

姫宮は泣きじゃくりながら言った。小姫も涙をこぼす。

「姫宮さま方はどなたも悪くありませぬ。騙す方が悪いのです。悪いのは、あの陰陽師です」

月乃は怒りが湧き上がってくるのを感じた。陰陽師が善良な人々に悪意で近づいたのは間違いない。人の気持ちを弄《もてあそ》ぶ陰陽師が許せないと思った。

「常磐さまが気に病まれることはありませぬ。奪われたものは私たちが取り戻します。だから、思い止まって下さりませ」

常磐を苦しみから救うにはそれしかなかった。小姫も頷く。

毒された空気は入れ替わり、女房たちが戸を閉め始めた。炭櫃《すびつ》に新しい炭が継がれ、氷《ひ》室《むろ》のように冷え切った室内は、池の氷がゆるむように温かさを取り戻した。

七

月乃と小姫は夜遅くまで常磐の介抱に当たった。そのまま月乃の家に帰って眠り、あくる日遅く起きた。大分日の闌《た》けた頃、前栽近くの簀の子で前日のことを話し合った。傍らには鶴丸も控えている。

「さて、どのように財物を取り戻せばよいのでしょう」

「私の物語も取り戻さなければなりませぬ」

「斎宮が選ばれるような名家です。事情を話せば返して下さるのではないでしょうか」

二人の会話を聞いて、鶴丸が目を白黒させた。

「ちょっと待って下さい。斎宮が選ばれる名家とは何のことですか？」

「陰陽師は、姫宮邸から奪った品々を、どうも斎宮のご実家へ横流ししたようなのです」

月乃は、前日の夜、常磐を介抱しながら聞いたことを語った。

ようやく落ち着いた常磐に月乃は語りかけた。

「それにしても、陰陽師の行方を探さなければなりませぬ。何処《いずこ》におるのでしょうね」

常磐は力なく首を振った。

「分かりませぬ。しかしながら、財物はもう陰陽師の手元にはございませぬ」

常磐の話では、あの陰陽師の狙いは斎宮の実家に取り入ることらしかった。そのための貢ぎ物として、姫宮家の財物を献上していたという。

「斎宮のご実家では、幼い斎宮さまのために、都の珍《めずら》かな文物を集めておられるとか。財物を貢ぎ、奇体な術を見せて信用させているようなのです」

常磐は、「私が騙されてしまったように」と悔しそうに付け加えた。

その話を聞いた小姫の反応は、月乃ほど楽観的ではなかった。

「なれど、ご実家の方も陰陽師を信じ込んでいるのでしょう？　素直に返して下さるかどうか分かりませぬよ」

「それは、陰陽師の術が本物だった場合でしょう」

鶴丸が落ち着いて言った。

「本物でないと分かればよいのでは」

「どうするというのです？」

月乃の性急な問いには答えずに、鶴丸は続けた。

「それに、作者である小姫さまが直《じか》に返してほしいと言えば、信じてもらえるのではないでしょうか」

常磐はまだ臥せっており、月乃だけいきなり斎宮の実家を訪ねても信じてもらえないかもしれない。しかし、作者であるところの小姫を伴えばという鶴丸の提案は、効き目がありそうだ。

「小姫さまが、乳母殿の信書でも携えて行けば、信用されるでしょう。姫宮の出自は明かせないが、さるやんごとなきわたりから持ち出されたものだと知らせれば、そんないわくつきの品々を伊勢へ持っていこうと考えることはありますまい」

この指摘は妥当だ。伊勢斎宮への贈り物に出処《でどころ》の不確かなものが紛れるなどということがあってはならなかった。そんな不始末は、神域の人々が最も嫌うことだった。

「鶴丸殿の言う通り、作者が返してくれと言っている物語を無理やり奪うなぞなさるわけがありませんね」

小姫もほっと胸をなでおろした模様だ。

「でも」と、月乃はふと思い当たった。

「でも？　どうされました？」

「不正に集めたものとは言え、斎宮さまへのせっかくの贈り物が失われてしまいますね。そう考えると、斎宮さまがお可哀《かわい》そうな気もします」

月乃は遠く伊勢の地にいる姫君を思いやった。

「斎宮は八歳だそうですな」

鶴丸はそれ以上付け足さなかったが、八歳という遊び盛りの子供を思いやる響きがある。

小姫も神妙な顔をした。

「斎宮さまは、さぞお寂しい毎日を送っていらっしゃることでしょう。斎宮さまの無聊をお慰めする草子を差し上げたいものです」

そう言って、小姫は苦しげな顔をする。斎宮を憐《あわ》れむのと光る君の物語を返してもらうのは別の話だった。

「ご実家にあるのが倫子さまの光る君の物語だとすれば、お返し頂かなければなりませぬ。されど、こうなっては、斎宮の御心を慰める草子として、陰陽師の物語が適当とも思えませぬ」

月乃にも、小姫の気持ちは伝わった。小姫が受けた倫子からの注文は、斎宮を楽しませるため、都で評判の陰陽師が活躍する物語をというものだ。しかし、その陰陽師はまやかしであることが分かった今、それを物語として斎宮に届けることができないというのも無理からぬことだった。

「小姫さまの仰る通りですね。でも、だとすると、どうすればよいのでしょう？」

陰陽師の物語に代わる物語を探さなければならない。

「倫子さまにご相談いたします」

そもそもの注文主の倫子の意向を確かめる必要がある。しかし、小姫の表情はどこか明るかった。

「倫子さまが、何かよいお知恵を授けて下さるかもしれませぬ」

斎宮を慰めたいというのが倫子の本意だとすれば、自分たちにない発想が聞けるかもしれない。小姫の表情はそう物語っている。月乃は、この件は小姫に任せることにした。

八

土御門邸の倫子の御殿は人払いがされていた。昼寝する彰子を乳母に任せ、倫子は出てきた。

「彰子が、あなたのおとぎ語りの草子を大層気に入って、繰り返し読まされますよ。幾度も読むうちいつの間にか寝てしまうほど、耳に心地が良いようです。書いてもらった甲斐がありました」

倫子は機嫌良く小姫を労《ねぎら》った。小姫は恐縮して礼を述べ、ここ最近のいきさつを説明した。倫子はじっと耳を傾ける。

「こんなことがあった以上、陰陽師の物語を創作するのは適当ではないかと存じます」

「それは、そうかもしれませんね」

倫子はおもむろに頷いた。

「花山院の姫宮さまの許でそのようなことがあったとは、知りませんでした。乳母は主人のためと思ってやったのでしょうが、なればこそ、人の気持ちにつけ込む輩《やから》に騙されたのでしょう。そこまで自分を責めるとは気の毒なことです」

責任感の強い乳母だからこその失敗だった。あのまま姫宮邸を後にしていたらどうなっていたことかと、小姫は胸をなで下ろす。

「それにしても、途中で引き返して助けたとはお手柄でしたね。乳母は死んで詫びるつもりだったのでしょうが、物語を奪われたからといって自ら命を絶つなど、あってはならぬことです。あなたにも分かるでしょう？」

物語はあくまで楽しむためのもの。それが、人の命を奪うものになってはならないと倫子は語った。小姫は強く頷く。

「仰せの通りに存じます」

たとえ、どんなに悲しい物語であっても、それは創作上の世界のこと。読む人が物語の世界に浸り、日常を生きる活力を得て欲しい。それが小姫の願いだった。

「もし、まことに乳母が亡くなっておれば、姫宮さまはどんなにお悲しみになったことでしょう。そうなれば、姫宮さま御自身とて気落ちなさるあまり、どのようになってしまわれたことか。物語がそうしたきっかけになってしまったかもしれませぬ」

それは、誰にとっても不幸な結果だった。

「知らぬこととは言え、そんな物語を斎宮さまの許へ届けることなどできませぬ。何事もなかったことが幸い、ご実家には事情をお話ししてお返し頂こうと存じます。元より、斎宮さまの許へ行く謂《い》われなどないものですから」

「それはそうですね。私の方からあちらへお願いしましょうか？」

倫子の提案に、小姫は首を振った。

「いいえ、倫子さま。此度は、倫子さまには添え状だけお書き頂き、土御門の御名を大っぴらに出さずにお願いした方が良いと思います」

「それは何故ですか？」

「姫宮家の財物やこちらの草子などが、いかがわしい者に騙し取られたとなると、外聞が悪うございます。それに」

「それに？」

「そうした品々が持ち込まれたとなると、先様にもご迷惑なことにございましょう。これは、何方《いずかた》にとっても内々に片付けるにしくはございませぬ」

倫子は小姫の申し出に耳を傾けた。そして聞き終わると、脇息《きょうそく》に寄りかかり満足げに頷く。

数日後、月乃と小姫は、斎宮の実家を訪れた。例によって、鶴丸が牛車の供をする。月乃は鶴丸に念を押した。

「鶴丸、今日はまことに例の陰陽師が来るのでしょうね」

「まことです。市場で斎宮さまの実家の下人から聞き込みましたから間違いありませぬ」

小姫は少し不安そうだった。

「首尾良く取り戻せるでしょうか」

「型どおりに返して頂きたいと言っても、あちらにも体面があるので簡単ではないでしょう。陰陽師がいかさまであると分かってもらうのが一番です」

　突然の訪問だったが、倫子の簡単な添え状を携えたこともあり、比較的滞りなく中へ通された。

　まず応対に出たのは、斎宮の叔母《おば》に当たる女人だった。小柄で三十路《みそじ》過ぎに見え、色白で整った顔立ちをしている。薄い唇を引き結び、よく光る目で平伏する月乃と小姫を代わる代わる見つめた。

「左大臣殿の姫君の使者というのはそなたたちですか。ご信書によると、評判の光る君の物語の作者だとか」

　小姫は平伏した身を更に低くして答えた。

「僭越ながらさようにございます」

「かの物語は伊勢の地でも聞こえが高く、斎宮さまのお耳にも届いております。かねてより読みたいと所望されておりましたが、今回ようやく手に入りました。本文が書かれた草子と絵巻です」

　月乃と小姫は背中をぴくりとさせ、こっそり目配せし合った。小姫は平伏したまま尋ねた。

「畏れながら、此方さまが件《くだん》の物語をお持ちであると聞き及びました。本日伺ったのもそのためです」

「というと？」

「実は、此方さまが入手なさったその物語は、草子の本文に誤りがあるのです。私の書き損じが交じったものが、いつの間にか流出してしまったようです」

「それはまことですか？」

　斎宮の叔母は困惑したような声を上げた。

「作者のあなたが申されるのですから、間違いないのでしょうね。それは困ったこと」

　次に月乃が尋ねた。

「畏れながら、此方さまはそれをどちらから入手されたのですか？」

「どこからか、それは、ちょっと」

「もしや、さるやんごとなきわたりにゆかりの品々とともに入手なさいませんでしたか？」

　斎宮の叔母はぎょっとした顔で月乃を見た。

「どうしてそれを知っているのですか」

　月乃と小姫は頷き合った。やはり御佩刀《みはかし》と光る君の物語は、陰陽師によってこの邸に持ち込まれていたのだ。その時奥から、護摩焚きの匂いが漂ってきた。鶴丸の言う通り、例の陰陽師が奥にいるに違いなかった。

「失礼いたします」

月乃はそう言うと、遠慮せずに奥の間へ踏み込んだ。すぐ後から小姫も続いた。

「ちょっと、お待ちなされ。なぜ奥に行くのですか」

閉ざされた襖障子を勢いよく開けると、そこには護摩壇が作られ、傍らに座る例の陰陽師が呆気に取られた体《てい》でこちらを見ていた。手元には、目指す草子と絵巻、その横に錦袋から出された御佩刀がある。御佩刀の柄《つか》には、月乃が見たこともないほど濃い緑色の翡翠が嵌め込まれていた。

「お前たち、なぜここに」

「やはり、そなたでしたね。姫宮さまの大切なものを騙し取ったのは」

「何を言うのだ」

「よそから騙し取ったものをこちらに貢ぐとは、罪深いにもほどがあります。人の命を奪うことになったかもしれないのですよ」

「わけの分からぬことを申すな」

中へ入ってきた斎宮の叔母は、事の次第が分からないようだった。

「一体何のことを言っているのです」

小姫は、陰陽師を指さして言った。

「この者は、不当に手に入れた品物で此方さまに取り入ろうとしたのです。ここに、さるやんごとなきわたりから巻き上げた宝剣と草子があるのが、何よりの証です」

「不当に手に入れたとは、どういう意味です？　この方の言っていることはまことなのですか？」

　斎宮の叔母は、陰陽師の方を向いて問いただそうとした。同時に鶴丸が、陰陽師に飛びかかった。

「観念せよ！」

　しかし、一瞬早く陰陽師は鶴丸の手を躱《かわ》し、忌々しげに呟いた。

「あと少しであったのに」

　小姫はその呟きを聞き逃さなかった。

「あと少し？　斎宮さまに何かするつもりだったのですか」

　けれど陰陽師は、答える代わりに左袖の袂に右手を入れた。

「また鼠か」

　鶴丸のその言葉が終わらぬうちに、陰陽師は袂から何かをばらまいた。途端に、重苦しく甘い異様な匂いが立ち、辺りに白煙が充満する。鶴丸は大きく咳き込んだ。月乃と小姫は、それぞれ御佩刀と物語を、煙から守ることで精一杯だった。

九

後日、小姫宅で、為時は心配げに三人に尋ねた。

「それで、斎宮の叔母君は納得して下さったのか？」

月乃は小姫と顔を見合わせて笑顔になり、為時に説明した。

「はい。御佩刀と光る君の物語は、さる高貴な筋が陰陽師に奪われたものなので、お返し頂きたいと改めてお願いしましたら、納得して下さいました」

「それだけで返して下さったのか？」

「はい。叔母君は、そうした御佩刀があることをそもご存じだったようです」

錦袋から出された宝剣の翡翠を見た斎宮の叔母は、それがただの財物でないことを察していたようだ。

「さすが、斎宮さまをお出しになるお家柄にございます」

小姫も感心したように言った。為時は小姫にも尋ねた。

「物語の草子もお返し下さったのか」

「さようにございます」

「それは良かったな」

為時は安堵《あんど》した顔になったが、ふと表情を引き締めた。

「そなたは倫子さまへの申し訳が立ったが、斎宮さまの叔母君にはお気の毒なことになったな」

結局、伊勢にいる斎宮へ物語を贈る目論見《もくろみ》は不首尾となってしまった。けれど、小姫はにっこり微笑んだ。

「倫子さまが、代わりのものを用意して下さいました。これまでに私が書いた物語を清書し、美々しく装幀《そうてい》した揃いの本を作り、贈って下さることになったのです」

「その全てに絵巻が付くそうです」

月乃が付け加えた。

「それはそれは素晴らしきものができることだろう。かえって良かったというものだ」

為時は満足そうに頷いた。そうして控えていた鶴丸の方を向く。

「それにしても、よく陰陽師の詐術を見破ったな」

鶴丸は得意そうに胸をそらした。

「貴族の方々は足を運ばれぬからご存じないが、市にはああした幻術などを生業《なりわい》とする旅芸人たちがおりまする。私は、その者たちに銭をやって種明かしをしてもらったまでのこと」

月乃は憤慨した。

「陰陽師など、当てにならぬものですね。危うく騙されるところでした」

今回は事なきを得たが、花山院の姫宮の乳母のように騙されてしまう人が、また出てくるのではないかと思った。

「誰もが、自分の大切な人のためなら、怪しげなことだからこそ奇跡に繋《つな》がるかも、と思って信じてしまうのかもしれませんね」

人は弱い、と小姫は言いたげだった。そして、去り際の陰陽師を思い出したように顔を曇らせた。

月乃は、弱いことは悪いことなのだろうかと考えた。

「悪いのは、人の弱さにつけ込む者たちです。自分たちも弱さを持っているというのに」

母にも父にも縁遠く誰より弱い境遇の姫宮は、誰も責めようとしなかった。守られるべき立場の姫宮が一番強いのかもしれなかった。

「光る君の物語は無事でしたが、倫子さまの許へ戻ったら、姫宮さまはもう読むことができませんね」

そう口にすると、月乃は胸が痛んだ。小姫が控えめに咳払いをした。

「それが、先ほど言った物語の揃いをもう一組作るよう、倫子さまがお命じになったのです。むろん絵巻も」

「というと？」

「花山院の姫宮にも差し上げるように、と」

途端に、姫宮の喜ぶ顔が目に浮かんだ。月乃は思わず歓声を上げた。

夜の空から、白いものがひとひら、ふたひら下りてきた。それは、闇の中から降る御仏の散華のように思えた。明日、この知らせを持って姫宮を訪ねようと月乃は思った。

第三話　あこがれの草子

一

雪がはらはらと舞い降りそうな冬の午後、小姫《こひめ》は、土御門《つちみかど》邸の倫子《りんし》の御前から、女房たちの詰め所となっている廂《ひさし》の間《ま》へ戻った。いつものように、物語の出来を褒められ、ほっと肩の荷を下ろしたところだ。幾人かの女房たちが早速話しかけてきた。

「小姫さま、倫子さまからはどんなお言葉がありましたか？」

「さぞやお褒めになられたのではありませぬか？　この前献上された物語も一晩で読んでしまわれました。私たちも続きが気になっていたのでお願いしたら、小姫さまの草稿を貸して下さいましたよ」

「私たちも、一息に読んでしまいました。また、あちこちのお邸《やしき》から貸してほしいとのお求めが来ることでしょう」

小姫は、少しでも早く読みたいという倫子の希望を受け、新作を書き上げる度に、まず上紙《じょうし》に清書し仮綴《かりと》じの状態で献上した。倫子が目を通した後で、改めて製本に回される。作品の評判が立つと、方々《ほうぼう》の知り合いから貸し出しの依頼が舞い込むので、複数部製本されるのが常だった。

「そうなると、また小姫さまにも、音読の御依頼が増えるのではありませんか」

女房たちに詳しいことは知らされていなかったが、先だって、小姫がさる高貴な姫君の許《もと》へ音読へ赴いたことは、貴族間で話題となっていた。作者自らが音読し解説するという趣向は読者の興味を引き、希望する家が続出した。小姫は、これも読者が自分の物語を楽しんでくれていればこそと、慣れない訪問を数軒こなした。

「面《おも》はゆいことでございますが、それもこれも倫子さまが私の物語を読んで下さるからこそと存じます」

そこへ少し離れたところから、棘《とげ》のある声が投げかけられた。

「いくら倫子さまがお求めになるからといっても、こう次から次へと作品が増えては、清書が追いつきませぬ」

書写係の綾草《あやくさ》だった。小姫より少し年上で小柄な体つきだった。色白だが、髪の毛が茶色みを帯びているのをいつも気にしている。長さは身丈に足らぬほどだが、毛が細く頭の周りだけが膨らんだように見え、口の悪い同僚からは、季節外れの土筆《つくし》のようだと揶揄《やゆ》されていた。

祖父の頃より筆硯《ひっけん》を以《もっ》て土御門の家に仕える一族の出身のため、綾草も倫子の日常の細々した書き物の代筆を担っていた。むろん大切な文《ふみ》は倫子自らが筆を執るが、それ以外の諸々《もろもろ》の書状などは倫子が内容を伝えて綾草に書かせている。それが、このところは小姫の物語の清書まで仕事に加わっていた。

「書写が私の仕事と心得てはおりますが、実際に書いて製本する側の身にもなって頂きとうございます」

物語は、書写を経なくては読者に読んでもらえない。そのことを熟知している小姫は、当事者から直接苦情を言われて恐縮した。

「それは、まことに申し訳ございませぬ」

倫子から提供される上質な料紙《りょうし》を、できるだけ無駄にせぬよう、書写は細心の注意を払って行われる。そしてもちろん、一文字一文字に神経を集中して仕上げる清書がいかに大変か、小姫は分かっているのに、そこまで思いが到らず、求められるまま作品を創っていたことを申し訳なく思った。しかし、綾草は小姫の謝罪など耳に入らないようだった。

「少しばかり評判を呼んだとて、粗製濫造《らんぞう》していてはすぐに種が尽きてしまうのではありませんか？　もっとじっくり練って、これぞという作品を献上すべきです」

綾草は、言いたいことだけ言うと、気が済んだようで退出した。言葉もない小姫を、女房たちは慰めた。

「お気になさることはありませぬよ、小姫さま。綾草さまは、倫子さまがあなたさまを贔《ひい》屓《き》にされているのが気に入らないのです」

「そうですよ。少し前までは、綾草さまが書写係として、倫子さまのお側《そば》に最も近く伺候していたのですから」

「しっ、聞こえますよ」

小姫は女房たちの話を聞いて、どこか納得した。これまで、綾草から、時折棘のある視線が飛んでくるのには気づいていた。土御門の女房たちの中には、時々物語を献上しにくる通いの女房に過ぎぬ自分が、倫子に親しく召されるのをおもしろく思わぬ者もそれなりにいる。たとえ住み込みであっても、簡単に倫子に近づける者ばかりではないので、そうした感情を持たれるのも無理からぬことだった。小姫は、なるべく波風を立てぬよう、あえて素知らぬふりをしていた。

黙り込んでしまった小姫に、女房たちは慌てたように慰めの言葉を継いだ。小姫は女房たちに気を遣わせぬよう、笑顔を取り戻して土御門邸を後にした。

気疲れして家に戻ると、月乃《つきの》が来ていた。

「小姫さま、お邪魔しております。おや、お疲れのようですが、どうかされましたか？」

「土御門のお邸でちょっと……、いえ、大丈夫です」

「今日は、光る君の物語の作者にどうしても会いたいという方をお連れしましたよ」

見ると、月乃の傍らにいる十四歳ほどの少女がこちらに顔を向けている。目を見開いた無遠慮な眼差《まなざ》しに、小姫は面食らった。

「この方ですか？」

小姫の驚いた顔に気づいた少女は、ぎこちなく拝礼した。まだあどけなさが残る顔立ちだ。

「雀子《すずめこ》と申します」

「雀子殿は、あの花山院《かざんいん》の姫宮のところの、常磐《ときわ》さまにゆかりのお家の方にございます」

「まあ、常磐さまのご親族ですか？」

「いえ、ご親族の、お知り合い筋の家の方だと伺いました」

月乃は、たどたどしく紹介した。

「なんでも物語がたいそうお好きで、おとぎ話をご自分でお書きになるそうでございます」

「こんなにお若いのに、ご自分で？」

「なんでも、さる高家《こうけ》での物語合わせにて、一席となられたこともあるとか」

物語合わせとは、歌合《うたあわせ》が和歌を競うように、古物語《ふるものがたり》や作り物語を持ち寄って優劣を決める遊びだった。

「物語合わせをなさるような高家というと、土御門以外では、大斎院《おおさいいん》さまか小野宮《おののみや》殿か、あるいは……」

小姫が心当たりを思い浮かべると、雀子はすかさず口を挟んだ。

「私が選ばれたのは、大斎院さまのところの――」

「まあ、大斎院さまのところには、この小姫さまもまだ呼ばれてはおられませぬ。そこで選ばれたのですか？」

月乃は声を弾ませて尋ねる。

「いえ、そこにお仕えする上臈《じょうろう》（上級女房）さまが催されたおとぎ話合わせにございます」

雀子は得意げに答えた。

「物語を好む公達《きんだち》や娘たちに、おとぎ話を書かせて競わせるという催しなのです。私はそこで一席に選ばれました。まるで本物の光る君の物語を読んでいるようだと褒めてくれる方もおりました」

そう言って、少女はごそごそと薄い草子を取り出し、小姫に差し出した。小姫と月乃がさっと目を通すと、光る君の物語の舞台や人物たちがそのままの小話がいくつかあった。

「光る君の物語は私のあこがれなのでございます」

そう言う雀子の眼は輝いていた。

小姫は懐かしさを覚えた。自分も、習作時代、先行する物語を手当たり次第読んでは、自分流に手を加えて改作を書いていたものだ。むろん、人に見せるようなものではなかったが、そうやって見よう見まねで物語を創って、創作の腕を段々と上げていったことが思い出された。

自然と笑みをこぼしつつ、草子を返した。

「それは、ようございました。私の物語を愛読して下さっているのですね」

「それはもう！」

雀子はぱっと顔を明るくした。

「仲間うちでは、縁者を頼って新作を手に入れて回し読みすることが、何よりの楽しみになっています。今日も、知り合いの知り合いの伝《つて》をたどって、常磐さまからこちらの月乃さまをご紹介頂いたのです」

土御門にゆかりのある貴顕でも、小姫の新作が回ってくるまではかなり待たなければならず、付き合いのない家となると、なおさら入手が困難だった。むろん、その辺りの事情は小姫も承知していたが、直接年若い読者からそう告げられると申し訳ないような気持ちが湧いた。

「あなたさまのようなお若い方からも賞して頂けるとは、ありがたいことです。せっかくお出《い》でになったのですから、私の手持ちでよろしければ、差し上げられる巻がないか見て参りましょう」

「よろしいのですか？」

雀子は名の通り雀躍《じゃくやく》して喜んだ。

「良かったですね、雀子殿」

月乃もほっとした顔になる。連れてきた手前、雀子が何を言い出すか、途中からひやひやしていたようだ。小姫は文机《ふづくえ》にある分をとりあえず見せ、他の巻を探しに席を立った。

月乃は雀子から離れ、小声で小姫を気遣った。

「土御門のお邸で何か難儀なことでもございましたか？」

「いえ。書写係の方から、むやみに仕事を増やされては困るとお小言を頂いただけです」

「まあ、そんなことが。知らぬこととはいえ、お伺いもせずにいきなり客人を連れてきて申し訳ありませぬ」

「いいえ。あんなに喜んで頂いて、かえって気晴らしになります」

それは嘘《うそ》ではなかった。土御門邸の綾草のように妬みを露《あら》わにする者がいれば、雀子のように無邪気に喜んでくれる者もいる。小姫は、読む者にそんな気持ちを抱かせる物語というものの持つ不思議さを思った。表れ方こそ違え、どちらも物語を愛するがゆえと思われ、微笑《ほほえ》ましい気分で書庫へ向かった。

二

それから一月ほど経《た》ち、年の瀬も押し詰まり、小姫は創作に加え、新年を迎える準備に忙殺されていた。そのため、それを知ったのは、自宅に珍客が訪れたことなどすっかり忘れた頃だった。その日、月乃と鶴丸《つるまる》が深刻な面持ちで小姫を訪ねてきた。小姫は、十日前に罹《かか》った風病《ふびょう》からようやく回復したところだった。鶴丸は御簾《みす》の外に控え、月乃が、脇《きょう》息《そく》に寄りかかる小姫の傍らへ来た。

「風病をこじらせて寝込んでおられるとお父君から伺いましたよ」

「私としたことが、根をつめて新作を書いた無理がたたってしまいました。期日通りに献上できたので、ほっとして疲れが出たのでしょう。長引きましたが、寝たいだけ寝たので、もう大丈夫です」

「ならばよいのですが……。臥《ふ》せっておられる間のことなどご存じないと思いますけれど」

月乃は話すのをためらう風だ。小姫は嫌な予感がして、月乃に先を促した。

「どうしたのですか？　何か私に知らせたくて来たのでしょう？」

月乃は御簾の向こうの鶴丸をちらと見て、口火を切った。

「実は、小姫さまの新作に悪評が立っております」

新作というのは、風病に倒れる前、土御門の倫子に献上した光る君の物語のそれに他ならない。

「私がこの前、倫子さまに献上した巻のことを言っているのですか？　でも、倫子さまはたいそうお気に召されたと、土御門から使いが参りましたよ。なればこそ、お使いが立ったわけで」

「悪評が立ったのは、土御門邸で、ではないのです」

そう言われて、小姫はさらに混乱した。

「土御門邸でではないというのは、どういうことですか？　まだ、草子の形にもなっていないと思いますよ」

小姫の物語は、完成すると草稿の段階でまず倫子に献上され、そこから製本作業に回される。先だって嫌みを言ってきた書写係もそこに関わっていた。倫子のもとで美麗に仕立てられ、新作を心待ちにする諸家へ貸し出される場合は、その冊子が渡った。

「私の新作は、まだ倫子さまのお手元にあるだけです。他所《よそ》で読めるはずはありませぬ」

「それが、どこからか洩《も》れ伝わったようですぞ」

御簾の向こうから、鶴丸が月乃に代わって答えた。月乃は、憤然と引き取った。

「それに、ことはそれだけではありませんし」

「それだけではない？」

土御門の倫子のごく近しい周囲しかまだ知らないはずの新作が、世に洩れ出たというだけでも十分問題であり、それ以上のことなど小姫には思いもつかなかった。月乃は、口を滑らせたことが気まずそうに黙り込んだ。

「他に何があるというのです」

再び月乃の代わりに、御簾の向こうから鶴丸が答えた。

「小姫さまの腕も落ちたものだと囁《ささや》かれておりまする」

予想外の返事に、小姫はとっさに返事ができなかった。

「私の腕が落ちた、とは？」

月乃は、事前に鶴丸から聞いていたようで、隠してもしようがないと思い直したようだった。

「この度の新作は、これまでより中身が劣ると言われているようなのです」

「そんなはずはありませぬ」

小姫は、思わず声高になった。

「これまでのものに劣るような話は書いておりませぬ。現に、倫子さまからはお褒めの使者を遣わされているのですから、劣ってなどおりませぬ」

そう言って、小姫は激しく咳《せ》き込んだ。病み上がりの身で興奮したため、再び熱が上がってきそうだった。

「小姫さまの腕が落ちていないことは、私が一番よく存じております」

月乃は脇息にぐったりともたれかかる小姫の背中を懸命になでながら言った。

「もうお休み下さい」

小姫はかぶりを振る。

小姫は、土御門の倫子に援助され物語を創っていた。その倫子の了解を得ぬまま、知らぬところで作品が出回っている事態は見逃せない。何より、全力を注いだ自分の作品を、質が落ちたなどと言われることは耐えがたかった。

「これは捨て置けませぬ」

いらぬことを耳に入れてしまったと月乃の顔に後悔が浮かんだが、小姫の気持ちはもう収まらなかった。

小姫はまず、使いを立てて倫子に問い合わせた。果たして、倫子からも戸惑《とまど》いを隠せぬ反応が返ってきた。「まだ製本もしていない」という返事だった。

「ならば、一体なぜ？」

あれこれ考えても、小姫の疑念は深まるばかりだった。

三

数日後、小姫の体調はすっかり回復した。しかし精神的には、回復からはほど遠かった。そろそろ次なる新作に取りかからなければならなかったが、自分の知らぬところで出回っているという自作のことが、念頭から離れなかった。

久々に伺候した小姫から報告を受けた倫子は、少しの間考え込んだ。

「予想もしないところで、あなたの新作が悪用されているのかもしれませぬ」

「それはそうなのですが、偽の草子が土御門の御名を汚すことになっておるやもしれぬのが気がかりです。何処《いずこ》かからの画策などであれば、いかがなさいますか？」

土御門の家は宮中でも家柄の高さは抜きんでており、倫子の父は、一時倫子の入内《じゅだい》を考えていたほどだ。兼家《かねいえ》の五男道長《みちなが》を婿に迎えた後も、その存在の大きさが変わることはない。

倫子はふっくらとした頬に少しえくぼを浮かべた。

「それくらいの嫌がらせはよくあることです。放っておくように」

倫子の耳には、これまでも様々な中傷や噂《うわさ》が入ってきているという。その中には小姫も知らぬようなものも含まれる。いちいち気にしていたら、それこそ相手方の思うつぼであると、倫子は小姫を諭した。主人の悠然とした態度に触れ、小姫はいくばくか気が収まった。

しかし、家に戻ると、やはり偽の草子のことが頭をもたげてきた。

月乃が気を遣って、筋立ての種にと、知り合いから聞き込んだ巷《ちまた》の噂話などを話してくれても、全く興味が湧かなかった。

「ありがたいのですが、今は例のことが気になって筆が進みませぬ」

「小姫さまでもそのようなことがあるのですか？」

「もちろんです」

小姫は脇息に寄りかかったまま、手つかずのままの文机の上を見やった。

「創作とはそれほど神経を使う仕事なのです。日々の平穏な暮らしがあって初めて、あれこれ想像する余裕が生まれます。現《うつつ》の中で悩みができたら、そればかりが気になって、そらごとの世界は雲散霧消してしまうのです」

「そういうものなのですか？」

「現とは関係なく、そらごとの世界に没頭できる書き手もおりましょうが、そうなるには私はまだ修行が足りませぬ。まず、気がかりが解決されなければ」

小姫は自嘲気味に語った。月乃はふと耳をそばだて、御簾の向こうを見て明るい声を上げる。

「小姫さまの気がかりが霧消するかもしれませぬよ」

月乃が言い終わらぬうちに、鶴丸が参来の旨を告げた。月乃の予想は当たっていた。鶴丸は、何やら草子を携えている。

「もう手に入ったのですか？」

「思ったより世に出回っておるようです」

鶴丸が持参したのは、件《くだん》の草子だった。小姫は食い入るように丁《ちょう》を繰り、すぐに顔を上げた。

「これは、私が書いたものではありませぬ」

それを聞いて月乃は、小姫から奪うようにして草子を手に取った。

「まことにござりますか？」

簾《すだれ》の向こうで、鶴丸が息を呑《の》む気配がする。小姫はほっとして頷《うなず》いた。

「間違いありませぬ」

そして、改めて月乃から草子を受け取り、ゆっくりと丁を捲《めく》りながら説明した。

「確かに、光る君のお話ですが、私の物語にはこんな登場人物は出てきませぬ」

小姫の指す部分を、月乃はなぞるように読んだ。

「小姫さまの仰《おっしゃ》る通りですね」

「それに、そもそも装幀《そうてい》が違います」

小姫は冊子を閉じ、文机の上に置いた。そして、自分の書棚から、手持ちの草子を一冊持ってきて、その横に並べる。

「まことに。並べて見るとよく分かりますね」

紺色表紙なのは同じだが、小姫の本は倫子の許で製本された豪華な装幀だった。表に貼られた紺色表紙は艶《つや》やかな絹地で、綴じ糸にも銀糸を思わせる光沢があった。料紙の質の良さは言うまでもない。比べて、偽物は色みこそ似ているがありふれた紺紙《こんし》に過ぎず、その他の部分も見劣りがした。

「これは、本物に似せて作られておりますが、似て非なるものです」

小姫はしげしげと冊子を見つめた。

「確かに本物をよく真似《まね》ているところもあります。題簽《だいせん》や、本文の字配りなど」

偽物の表紙中央に、巻名を記した題簽が貼ってある。その位置や大きさは本物とほぼ一致し、本文の字数や行数なども同じだった。

――これはある意味、本物をよく知る人物の手が入っているようにも見える。

「それにしても」

小姫は次なる疑念を抱いた。

「この草子はどこで出回っているのですか？」

物語などの書物は、人の手で書写されることで生み出される。非常に手間のかかるものであることを考えれば、偽物とはいえ、こうした書物がやすやすと手に入ったことも不審だった。

「それが、牛飼童《うしかいわらわ》の仲間にそれとなく尋ねたところ、存外たやすく手に入りました」

御簾の向こうの鶴丸も訝《いぶか》しげだった。

「思ったよりあちこちに広まっておるようです」

鶴丸の話では、これまで土御門と近しくもなかった家にも、この草子は出回っているそうだ。月乃が驚きの声を上げた。

「では、偽の草子は、この一冊だけではないのですか？」

「そうです。私めが知っておるだけでも、所有する家は十軒は下りますまい」

「そんなに？　それでは、一人や二人の仕事ではないのではありませんか？」

月乃に問われるまでもなく、小姫も事の大がかりさに驚いていた。小姫の新作は倫子に献上してまだ二十日も経っていない。仮に本物の草稿を手に入れられたとして、それを書写し、十分に乾燥させて製本するという作業には、どんなに急いでも数日は要した。それを十冊以上この日数で作るには相当の人員が必要だ。それに、出回るまでの期間も加わる。

「一体誰が……」

誰にせよ、作業にかなり慣れている者の仕業だった。月乃が勢い込んで言った。

「お邸の誰かが手を貸しているのではありませんか？　偽物とはいえ、これは手慣れた作りに見えます」

「お邸とは？」

「土御門のお邸にございますよ。草子作りに慣れた方が大勢いるではありませんか」

「そんな、まさか」

小姫にとっては思いも寄らぬ推測だった。月乃は首を振って言葉を継いだ。

「ありえないことではございますまい。その証《あかし》に、この偽草子は本物によく似ております」

「確かに、そうですが……」

「それに、先日、お邸で書写係にお小言を言われたと仰ったではありませぬか。きっとその者が、小姫さまを妬んで偽の草子をこっそり作り、出回らせたのですよ」

先走る月乃を見かねたように、鶴丸が制止した。

「決めつけはよろしくないかと」

偽の草子を探し出したのは鶴丸自身だった。それだけに慎重に見極めねばならないと考えているようだ。

「小姫さま。これは、倫子さまに訴え出た方がよろしいのではないですか？」

「まだ、確かなことは何も分かっておりませぬのに、軽々には申し上げられませぬ」

「なれど」

「何もしないと言っているのではありませぬ。まず、確かめられるところから確かめねばなりませぬ」

小姫は改めて偽の草子を手に取り、じっと見つめた。

四

「私ではありませぬ」

綾草は、里下がりした自宅で小姫たちと対面した。

正確には、小姫が綾草の里下がりを知り、すぐさま訪問しようとしたところ、半ば強引に月乃が付き添い、そのまま二人で上がり込んだのだった。

綾草の家は、新興貴族が住む界隈《かいわい》に、新しい邸が建ち並ぶ合間にあった。小体《こてい》だがもとは瀟洒《しょうしゃ》な造りだったことが窺《うかが》える。年数は経っているものの隅々まで磨き込まれ、さぞ使用人も多く使っているかと見えたが、姿を見たのは案内役の老女房だけだった。

綾草は、二人に挟まれ、青ざめた顔をひきつらせた。

「あなたの草子のまがい物などを、私が書くはずないでしょう。人を馬鹿にするのもいい加減になさいませ」

綾草は色をなして否定した。しかし、小姫もここで怯《ひる》むわけにはいかなかった。

「馬鹿になどしておりませぬ。ただ、こんなに早く私の新作が流出するなど、内部の手引きがないとできぬわざにござります」

「それをしたのが私だと言うのですか？」

反駁《はんばく》する綾草に対し、月乃が割って入った。

「あなたさまでなくて、誰だと仰るのですか」

月乃は、初対面にもかかわらず遠慮する様子はなかった。

「小姫さまが倫子さまから特別のお引き立てに与《あずか》っているのが気に入らないのでしょう」

「そんなことはありませぬ」

「書写係の仕事が増えて迷惑だと申されたそうではありませぬか」

「迷惑だなどと……ただ、立て続けになると出来に差し支えるとお願いしたまでです」

「小姫さまは倫子さまのお求めに応じられたに過ぎませぬ。それを小姫さまにとやかく言うのは筋が違うのではないですか？」

「それは……」

「あなたさまが小姫さまに申されたことを、そのまま倫子さまにご報告してもよいのですよ」

月乃に凄《すご》まれて、綾草はますます顔を青くした。小姫はすかさず畳みかけた。

「綾草さま。私は咎《とが》めているのではありませぬ。一体どうして、私の新作がこんなつかの間に、似て非なるものにすり替わって出回ったのかを知りたいだけなのです」

その言葉に偽りはない。書いた覚えのない物語が自分の作として世に流布《るふ》するなど、小姫には耐えがたかった。

「綾草さま。あなたさまとて、自らに劣る手跡《て》が己《おの》が名で世に出たならば、いかがでござりますか？」

文であれ書であれ、いささかでも自分の創作に自負を抱く者ならば、小姫に聞かれるまでもないはずだ。小姫に問い詰められ、綾草は青かった顔をみるみる赤くした。

「いくら小姫さまが倫子さまの覚えがめでたいからと言って、そんなことで新作を流出させたりは致しませぬ」

月乃はなおも疑わしげな目を向けている。さすがに小姫が助け船を出した。

「月乃さま。綾草さまは、偽りを仰っていないと思いますよ」

「そうでしょうか。この方は、倫子さま以外では、誰よりも早く小姫さまの新作を読むことができるのですよ。その立場を一度も悪用したことがないというのですか？　神仏に誓って？」

神仏の名を出され、綾草は口ごもった。

「それは……、同居の姪《めい》に一、二度見せたことはあります」

「そら、御覧なさい」

得意げな月乃を尻目に、小姫はどんな顔をしてよいか分からなかった。

「まことなのですか？　綾草さま」

「小姫さま、申し訳ありませぬ。姪が物語を好みまして、どうしてもとせがまれたもので」

「姪御殿がいらっしゃるのですね。親御さまはどのような？」

「姪に親はおりませぬ。七歳で引き取って、この七年ほど育ててまいりました」

綾草の姪は孤児だった。綾草の亡き姉の一人子だったが、姉の病没後、ただ一人の妹である綾草に引き取られた。

「お父君は？」

綾草は首を振った。亡き姉は姪の父とすぐ疎遠になったらしい。

「引き取った頃は私の両親も存命でしたが、二人ともまもなく亡くなりました。それ以来私が育てております。とはいえ私も勤めがあり、さほど構ってはやれず、寂しい思いをさせたと思います」

話を聞く限り綾草自身にも頼れる親族はなく、生活の支えは自身の勤めの禄《ろく》だけのようだった。小姫は改めて、よく整理された家の様子から、独り身の綾草が懸命に姪の暮らしを守っていることに気づいた。

「幸い物語を好みましたので、好きなように読ませておりました。最近、私の出仕先が、光る君の物語の作者と一緒だと知り、どうしてもと言われて……。家に持ち帰っての清書がある時は、時折読ませてやっておりました」

綾草は、はたから見ても気の毒なほど萎《しお》れ返った。月乃は嵩《かさ》にかかって念を押した。

「では、その姪御殿が持ち出したのですね」

けれど、綾草の返事は違っていた。

「いいえ。それは違うと思います！」

その声音の強さに、小姫は思わず問うた。

「綾草さま、違うと仰いますと？」

「読ませはしましたが、まことにそれだけなのです。私の目の前で読ませて、読み終えたら必ずすぐ戻させましたので」

綾草の苦しげな眼差しは嘘を言っているようには見えない。小姫の中に迷いが生じた。

「あなたさまが姪御殿に見せたのは、倫子さまの持ち物たる草子です。倫子さまに断りもなく勝手をなさっていたとなると、ことは私たちの内だけに止《とど》まらぬのはお分かりでしょう」

鶴丸の報告によれば、偽の新作は世に少なからず出回り始めている。

「それに、似て非なる物語が私の作として世に出て評判が落ちれば、支援者たる土御門の御名をも貶《おとし》めることになります。あなたさまは、その責を負うことになりかねぬのですよ」

小姫の創作は土御門の支援の上に成り立っている。綾草が無関係の者に物語を見せていたとなると、小姫だけが納得すればよいという次元の話ではなかった。しかし一方で、綾草の筆が作品に風格を与えているのも事実だ。

悩む小姫に、月乃は業《ごう》を煮やしたように言った。

「決まりを破って、親族に融通を利かせる方の言葉です。まことだという保証はありませぬ。その姪御殿とやらが本当にいるかどうかも怪しいものです」

「月乃さま。ならば、どうされようと言うのです？」

「姪御殿とやらに確かめればよいのです。調べたらすぐに分かることでしょう」

月乃はそのまま家捜ししかねない勢いだった。

「お待ち下さい！」

月乃を制したのは、小姫でも綾草でもない。小姫は声のした方の御簾をめくって驚いた。そこに立ち尽くしていたのは、いつぞや月乃に紹介された雀子だった。

小柄な綾草は、自分より頭一つ高い姪を睨《にら》みつけた。

「あなたがどうしてもと言うから見せていたのに、こんな悪さをしていたとは知りませんでした。物語を見よう見まねで書くだけでなく、小姫さまの草子を勝手に改作するなど」

綾草に見据えられて雀子は縮み上がった。

「あの、私は、その……」

上手《うま》く言葉が出てこない様子で、小姫の手元の草子を見つめた。

「光る君の物語が余りにおもしろく、つい自分流に書きたくなって……。内輪だけで楽しむのならよいと思って。外に出るなどとは思ってもおりませんでした」

雀子は顔をこわばらせている。手を揉《も》み、体を震わせた。小姫は、まだ少女の雀子が追い詰められた顔をするのが気の毒になった。

「私が書いた物語を楽しんで下さるのは嬉《うれ》しいことです。改作にしても、これまで様々な物語でなされてきたことなので、あなたさまが特段悪いというわけではありません」

そう言って小姫は、傍らに偽の草子をそっと置いた。

物語は、筆写によって伝播《でんぱ》する。流布の過程で補筆され、物語の本文に異同が生じることは珍しくない。のみならず、時には話の筋や人物の造型にまで影響を及ぼすこともあった。こうした方がおもしろい、こういう意味ではないかという読み手の解釈がそのまま筆写に反映され、次なる伝本を生み出していった。また、人口に膾炙《かいしゃ》する物語は、そうしたものを好む読者の求めに応じるように、同じ趣向の話が次々と作られては消えた。小姫の物語もそうした土壌の上に生み出されたものだった。

「けれど、私の物語は土御門の倫子さまあってのもの。倫子さまの与り知らぬところで、土御門で作られたとされる物語が出回ってはならないのです。それはお分かりですね？」

小姫が諄々《じゅんじゅん》と説き聞かせると、雀子は震えながらも頷いた。今更ながら自分がしでかしたことの重大さに気づいたようだ。その隣で綾草は何も言わず俯《うつむ》いていた。月乃が歯に衣《きぬ》着せぬ物言いで続けた。

「それだけではありませぬよ。小姫さまは仰いませぬが、こんな似て非なる物語が、小姫さまの作として出回っては、お名前に傷が付くことにもなります。それは土御門のお家にとっても同じこと。率直に言って迷惑なのです」

雀子が今度は真っ赤になって顔を伏せた。

「月乃さま。あまりな仰りようですよ」

「いいえ、小姫さま。こういうことははっきり言っておかねばなりません」

「あの、小姫さま」

黙っていた綾草が決然と口を開いた。

「この度の不始末は、全て私の不徳の致すところでございます」

綾草はこれ以上ないほど平伏した。

「この者に罪がないとは申しませぬ。なれど、元はと言えば、私が決まりを破って身内に甘くしたせいでございます。もう二度とこのようなことはさせませぬ故、何卒《なにとぞ》穏便に収めて頂けないでしょうか。土御門のお邸には切にご内聞に願います」

ことが土御門に知られれば、綾草は咎めを受け、悪くすれば出入禁止になるかもしれない。それだけでなく、度の過ぎた悪ふざけをしたと噂が立てば、雀子のこれからにも影響することは否めなかった。

「どうか、この者の年若さに免じてお許し下さりませ」

顔を上げたその目にはうっすらと涙が浮かんでいた。雀子も隣に並び居すくまった。

「申し訳ありませぬ。おもしろいと褒められて嬉しくて、勧められるままに書いてしまいました」

「おもしろい？　誰に言われたのです？」

綾草が問いただした。

「おとぎ話合わせの折に出会った公達からです。あなたには才能があると言われて、時々書いた物語を見せて……」

雀子が言い終わらぬうちに、頬を張る音がした。

「こんなものを書くから、皆に迷惑がかかるのです。それが分からなかったのですか」

「申し訳ありませぬ。もう書きませぬ」

雀子が悲鳴のような声を上げた。

怒りが収まらぬ綾草は再び手を振り上げた。小姫は思わずその手を止めた。

「もうよろしいのではないですか？　綾草さま。誰しも、自分が書いたものが褒められれば嬉しくなりましょう。文《ふみ》でも書でもそうではございませんか？」

小姫は自分が物語を創り始めた頃を思い出していた。思うように書けず、幾度も書き直してようやくでき上がった作品は、何より大切なものだった。家の書庫の奥には、初期の草稿が今も大事に取ってあるはずだった。

雀子は辺りを憚《はばか》らずに泣き出した。泣きじゃくる雀子の背を月乃があわててなでる。それを見て、小姫に摑《つか》まれた綾草の手から力が抜けた。見る間に悄然《しょうぜん》と肩を落とす綾草の背を小姫はなでた。

と、雀子の泣き声が途絶えた。かと思うといきなり声を上げた。

「これは、私の手跡《て》ではありませぬ」

「今更何を言うのです」

偽の草子を両手で開き、目を丸くする。

「叔母君《おば》、本当です。中身は確かに私の作った話ですが、筆跡が違います」

雀子と綾草は額を寄せて、嘗《な》めるように丹念に草子を見た。小姫は月乃とともに見守るよりほかなかった。綾草はやがて顔を上げた。

「まことですね。雀子の手跡ではありませぬ」

小姫はどういうことなのか分からなくなった。

「雀子殿。この草子がご自分の作品なのは間違いないのでしょう？」

「さようですが、これは私が書いた原本ではありませぬ」

「というと？」

「私の原本を引き写した写本ということになります」

そういえば鶴丸は、偽草子があちこちの家で読まれていると言っていた。一冊だけの原本ではあり得ない状況だ。小姫は新しく出現した難題に頭を抱えた。

「改作した草子を誰かに渡したりしましたか？」

「先に申し上げた公達が、書き上げたのをじっくり読みたいからと、家に持ち返ったことはあります」

偽の草子の創作と、多数の複製の存在は、また別の話であるようだった。この件は想像以上に根が深いのではと、小姫は胸騒ぎがした。

五

小姫は、とうとう父為時《ためとき》に相談することにした。月乃と鶴丸は例によって近くに控えている。

為時は話を聞いて腕組みをした。

「この件に関して、倫子さまは調べを進めよと仰せなのか？」

「いいえ。放っておくようにと仰せでした。倫子さまは、書写の手間や装幀の費用を考えたら、嫌がらせが割に合わないと気づくだろうとのお考えです」

鶴丸が分からないというように首をひねった。

「そうかもしれませんが、それは最初から分かっていたことでしょう。雀子自筆の一冊だけならばともかく、要するにあれと同じものが世間に幾冊も出回っているのです。手間や費用をかけてでも偽草子を出すのは何のためなのですか？」

為時は腕組みをしたまま答えた。

「小姫の作品には金子《きんす》で測れぬ価値があるということだ」

「金子で測れぬ価値、にござりますか？」

小姫が腑《ふ》に落ちないでいると、為時の代わりに月乃が答えた。

「あの娘が、自分も物語を書いてみようと思ったのも、その価値の一つということでしょうね」

「私の物語がそんな役目を果たしたというのですか？　私も、古典を読んで自分も書いてみようと思ったのが、創作のきっかけですから。それは、大変な褒め言葉です」

小姫は、父と月乃の言葉を噛《か》みしめるように、胸に手をあてた。

「そなたの物語に触発される者が出ると、都合が悪い連中がおるのだろう」

「都合が悪い？　何故《なにゆえ》ですか？」

「良き文芸に触れると、皆の想像力が高まるからだ。その芽を早々に摘んでおきたかったのだろうな」

古今の漢籍に通暁する父の言葉には重みがある。小姫は父に、良い言葉が良い思いを繋《つな》いでいくと言われたような気がした。

「私の物語にそんな力があるなどと、考えたこともありませぬ」

為時は更に付け加えた。

「それに、小姫に続く者を出さぬようにするためもあっただろう」

「私に続く者を出さぬとは？」

「そなたの物語を読んで、物語を創りたくなった気持ちを砕くということだ」

小姫の脳裏に、泣いていた雀子の姿が浮かんだ。

「私は漢籍を読む時、これを書いた作者はどんな人物だったのだろうと考えながら読む」

為時は、文机に幾つも広げられた漢籍を見やった。その目には敬愛の念が溢《あふ》れている。

「読書を通じて、作者への尊敬の念が生まれるのですね」

「そうだ。小姫の物語を下敷きに草子を書いた者もきっとそうだろう。ところが、作品を下敷きにしたことを作者の小姫に咎められたら、どうだ？　まだ創作者として経験の浅い者は、うちひしがれて二度と書けなくなるだろう」

小姫には、為時の言いたいことがよく分かった。こちらの動きまで計算した上での、複製だったのだ。

「やはり、止《や》めさせなければなりませぬ」

「小姫さま。あの時雀子殿は、おとぎ話合わせで知り合った公達に促されるまま書いた、と申しておりましたね」

「ええ」

小姫はそれ以上何も言わず、月乃と頷き合った。今考えられるのは、その公達が複製作りに関わった可能性があるということだった。

小姫は、雀子から聞いた公達の邸を訪ねた。付いてくるという雀子を綾草とともに押し止めるのには骨が折れた。

「あなたが来ては、かえって話がややこしくなってしまいますから」

ここは、本物の作者である小姫から強く差し止めを求めるのが早道だと説いて、ようやく聞き分けさせた。

公達の邸は、内裏《だいり》にほど近い上達部《かんだちめ》が住まう界隈の外れにあった。心配して同行した為時は、牛車《ぎっしゃ》の中から威圧感のある正門をじっと見つめている。雪などもすっかりかき払われ、訪問者を尻込みさせるかのように掃き清められていた。中に入る前に、為時は鶴丸を呼び何事か耳打ちして去らせた。小姫は、わけがあるのだろうと特に何も問わなかった。月乃も黙って鶴丸を見送った。

*

案内《あない》を乞うと、三人は意外にもあっさりと中へ通された。作者の小姫本人が出向いたというのが利いたのかもしれない。しかし、中へ入ってからは一時《いっとき》（約二時間）近く待たされた。通された部屋は薄ら寒く、待つ身にはこたえた。小姫と為時は姿勢を崩さず静かに控えていたが、月乃はしびれを切らしてぼやいた。

「このまま出てこないつもりではありませぬか？」

「中へ通しておいてそれはないでしょう」

「通しておいて、こちらが待ちくたびれて帰るのを狙っているのかもしれませぬ」

「ならば、最初から中へ入れたりしないでしょう」

それもそうだと、納得した月乃は退屈しのぎに辺りを見回した。内部は簡素でこれといった室礼《しつらい》や調度もなく、殺風景と言ってもよかった。月乃は仕切りの板戸近くに寄り、聞き耳を立てた。さすがに小姫が注意してくる。

「月乃さま、お行儀が」

「しっ！　小姫さま」

月乃は小姫の言葉を短く遮った。耳は板戸の向こうに向けられたままだった。

「遠くで何やら人の気配がします。幾人も出入りして、何かの作業をしているような」

「作業？」

「ええ。何やら物音もします。おや、匂いも……」

月乃は鼻をひくつかせた。小姫も我慢できぬようで、板戸の隙間近くへ寄って鼻を寄せた。

「これは墨の匂いではないでしょうか」

「墨？」

「倫子さまの物語工房で嗅ぎ慣れておりますから」

小姫はそう言って、耳を板戸につけた。月乃もそれに倣《なら》うと、かすかに何かが擦《こす》れ合うような音も聞こえてきた。小姫が自信ありげに続ける。

「墨を磨《す》る音もします」

小姫の言葉には迷いがなかった。月乃も耳を澄ますと、幾つもの同じような音が重なり、料紙を扱うような乾いた音が混じっているのに気づいた。為時が突然声を出した。

「何をしているのだ」

二人がぎょっとして振り向くと、外の廊《ろう》に鶴丸が参じている。為時が側へ招き寄せると、鶴丸が耳打ちした。為時が耳を傾けたその時、今度こそ廊の向こうから足音が近づいてきた。

六

　小姫たちと差し向かったのは、この家の主《あるじ》である先の中納言とその息男だった。主は五十手前の年頃に見え、大柄で上背があった。眉根を寄せ威圧するように睨みつけてくる。その横で、十六、七歳の息男は、色白な顔が更に蒼白《そうはく》になっていた。ひょろりとした頼りない体つきで父の陰に隠れるように座っていた。

　几帳《きちょう》を間に挟み、小姫は思い切って切り出した。

「私の作品の改作本を、こちらの若さまがご覧になったと伺いました。それが私の作と思われ最近出回っているようなのですが、何かご存じありませぬか？」

　主はそ知らぬ素振りで答えた。

「さて、いきなり来て、何を申されているのか分かりませぬな」

　そうして馬鹿にしたような目つきで為時を見た。

「お父君まで付き添っておられるが、娘御の躾《しつけ》には失敗したようですな」

　為時は黙って聞いていたが、傍らの月乃がたまらず抗議した。

「手習いの私塾でもないのに、この家から偽の草子が出ていなかったら、こんなに墨の匂いがするはずがありませぬ。奥の部屋で草子を作っているのでしょう？」

主はぎくりとした顔をしたが、なおもしらを切り通そうとした。

「あれは、法要が近いので、我が家の女房たちに命じて経文を書写させているに過ぎぬ。まさか見たわけでもあるまいに、妙な言いがかりは止めてもらおう」

為時はおもむろに口を開いた。

「墨や紙を扱う商人が大分お邸に出入りしているようですな」

「それがいかがした。荘園から納められた紙だけでは足らぬゆえ、商人からも買い取っておるだけだ。墨の匂いがしたくらいでそんな言いがかりをつけられては、こちらも当惑しますな」

「経文ならば、巻物でなければなりませぬ。紙だけでなく、装幀の絹や軸や紐《ひも》も入り用のはずですが、それらはどうされました」

為時は淡々と続けた。鶴丸は表情を変えず傍らに控えている。

焦りを押し隠すように主が答えようとした矢先、隣の息男が制した。

「父君。だからお止め下されと申したではありませぬか」

これが雀子が言っていた公達のようだった。おとぎ話合わせで意気投合したという話だったが、小姫たちを前に、おどおどした様子で大きな目を瞬《しばたた》かせた。

「私はただ、雀子殿の改作を読ませて頂き楽しんでおっただけですのに、勝手に写しを作って方々へばらまくなど」

「余計なことを申すな！」

　父親に一喝され、公達はびくっと身をすくめる。小姫はもう一度主に主張した。

「雀子殿が自らの楽しみとして、親しい人たちの間で改作を楽しまれるのは一向に構いませぬ。なれど、それを幾冊も写しを作って世に広めるのは止めて頂けませぬか。世間の人が私が書いたものと勘違いされていますので」

　主はじろりと小姫に目を向けた。

「あの物語は雀子なる娘が書いたのだから、小姫殿にとやかく言われる筋合いはない。あれはあれで良く書けているという評判もあるのだ。それとも、どこかに小姫作とでも名が記してあるのか」

　小姫はぐっと詰まった。土御門の倫子に献上して、それがそのまま物語草子として世に広まるこれまでの経緯《いきさつ》の中で、作者が小姫ということは周知の事実だった。そのため、事《こと》改《あら》めて自署をするなど考えもしなかった。

　月乃が横から反論した。

「なれど、登場する者たちの名は、全て小姫さまが作られたものです」

「だから何だと言うのだ」

「であれば、それらは小姫さまのものです」

　月乃の加勢に小姫は力を得た。

「その通りです。物語の作り手は、出てくる人物の一人ひとりに思いを込めて名を付けるもの。それをそのまま勝手に使われては困ります」

光る君も女君たちの名も、小姫が考え抜いた末に名付けたものだ。それは物語の根幹を支える重要な要素だった。

「雀子殿の改作の筋が皆にとっておもしろきものならば、小姫さまが作った人物の名と違っても受け入れられるでしょう。改作の人物の名前も創作されたらいかがですか」

理詰めで迫られて、主は歯嚙みする。公達は、父と小姫たちの間でおろおろするだけだった。

「私は、私が作った人物を返して頂ければよいのです」

それまで黙っていた為時が口を開いた。

「近頃では、男の間でも、我が娘の物語は読まれておるそうです。土御門の殿だけでなく、畏れ多くもかしこき辺りにおかれても楽しんでおられるとか」

かしこき辺りとは宮中や皇室のことを指す。そこまでは知らなかった小姫は思わず父の顔を見た。為時は構わず続けた。

「この一件が世間に洩れ、小姫の創作した人物たちを横取りしたと知れるのは、貴殿にとってもよろしくないのではありますまいか」

「お前たち、私を脅しているのか」

主は形ばかりは保っていた体裁も忘れ、本性を見せた。小姫は毅然《きぜん》と言い返した。

「このことは、まだ土御門の殿はおろか、倫子さまにも伝わっておりません。ここで収めるのが互いのためかと存じます」

一歩も引かない小姫に、主は青筋を立てまなじりを決した。更に激しい見幕で何かまくしたてようとしたその時だった。

「父君、もう止めましょう。こんなことをして何になるのです」

公達が父親の前に立ちはだかった。

「光る君の物語の名は、既に世に知られております。我らが何をしたところで変わるものではありません」

「そなたのような柔弱な者に何が分かる。此方《こなた》には此方の思惑があるのだ」

父親の叱責に、公達は一瞬体を震わせた。しかし今度は怯まなかった。

「父君のなさっていることは、我が家の名を貶めるだけではありませぬ」

「なんと申すか」

「そんな些事《さじ》だけでなく、傑出した作品の価値を毀損する愚行です。それがお分かりにならぬのですか」

自分には逆らえないと思っていた息子《むすこ》からの手厳しい指弾だった。主は思わずたじろいだ。

「黙っておれ」

口では強気な姿勢を崩さなかったが、その声の張りは失われていた。公達は、目を落とした父親をそれ以上追及せずに、小姫たちの方へ向き直った。

「この度は、大変なご迷惑をお掛けして申し訳ありませぬ。謝って済む話ではないですが、物語を愛する者として、父の所行に恥じ入るばかりです」

そう言って平伏しようとする公達を、小姫たちは慌てて止めた。いつの間にか、墨の匂いも紙を触る音も聞こえなくなっていた。代わりに、新しく埋《い》けた炭火の香《か》がどこからともなく漂ってくる。小姫は張り詰めた空気がふと緩んだ気がして、ほっと息をついた。

七

その後。

改めて小姫の新作が世に出た。小姫が為時とその草子を前に話しているとき、月乃が訪ねてきた。

「新作の評判は大変良いようですね。もう偽の草子のことなど覚えている人はおりませぬ。よろしゅうございましたね、小姫さま」

そこで、新作の草子に気づくと、目を輝かせて聞いた。

「これがその新作ですか？　読ませて頂いてもよろしいですか？」

「それは構いませんが、雀子殿はどうしておられるかご存じですか？」

偽の草子が出回らなくなったのはよかったが、小姫は雀子のことが気がかりだった。

「あのようなことに巻き込まれてしまわれたのです。もう物語を読んだり書いたりすることをお止めになったのではないでしょうか」

綾草に聞けばよいのだが、ようやく騒動が収まった後、特に何も言ってこない綾草に尋ねるのも気が引けた。

月乃は小姫の心配をすぐに払拭した。

「あの後、例の公達は、雀子殿にもきちんと謝罪なさったそうです」

「まあ、そうですか」

「謝った上で、雀子殿は巻き込まれただけなので、これからも創作を続けてほしいと願われたとか。なので、雀子殿は再び創作を始めたとご本人から伺いました。さっそく改作も書いて楽しんでおられます」

「それはよかった」

小姫は心からそう言った。雀子のような熱心な読者の中から、次の物語作者が生まれてくることを小姫は知っていた。物語はそうやってあこがれのうちに受け継がれ、読み継がれてきて、自分もその流れから生まれた一人なのだ。

月乃は思い出したように言った。

「それにしても、小姫さまの物語がかしこき辺りで読まれているとは存じませんでした」

「そうでした。父君、どこでそんな話を聞かれたのですか？　倫子さまからも伺っておりませぬ」

為時が例の邸で口にした話は、小姫にとっても寝耳に水だった。為時は涼しい顔で答える。

「いつかそんな日がくればよい。そう思ったことを話したまでだ」

小姫は拍子抜けした声を出しそうになった。けれど、為時はがっかりする娘を励ますように続けた。

「このまま書き続ければ、そんな日も遠くないかもしれぬぞ」

炭櫃《すびつ》の火がひときわ赤く熾《おこ》った。それを眺めながら、為時が呟《つぶや》いた。

「良き物語は人の心を動かす力がある。それは漢籍《ふみ》であっても和歌《うた》であっても同じことだ」

そう言うと、部屋の隅の書棚に目をやった。そこには常日頃からよく繙《ひもと》く書物の数々が積み上げられていた。

「それが文の芸たる所以《ゆえん》、文の学たる所以だ」

千年以上前の孔孟《こうもう》の教えに日々触れている為時は、そのことをよく心得ていた。小姫は小さく頷いた。

「さように存じます」

「まことに良きものに接すれば、人の中に良き思いが生じる。だから、そなたも良質の作品を書き続けなければな」

小姫は、父の言葉が心の奥まで響いた気がした。

――自分の作品が誰かの心を動かす。

そんなことは考えたこともない。これまではただ、人々に求められるのが嬉《うれ》しくて新しい物語を創り出すことに没頭していた。

けれど、父に言われると、確かに物語にはそうした力が宿っている気がした。知らずしらずにその本質に触れているからこそ、人は物語に惹《ひ》かれるのかもしれなかった。

そう考えると小姫は身が引き締まる気がした。目の前の月乃は、そんな小姫の思いも知らぬげに、夢中で新作の丁を繰っていた。

小姫はほのかに笑みを浮かべ、新しい炭を炭櫃に一つ継いだ。

第四話　車争い

一

葵《あおい》の葉の緑が空に映える季節になった。都雀《みやこすずめ》たちは、今年の賀茂《かも》の祭の話題に花を咲かせていた。

小姫《こひめ》が土御門《つちみかど》邸に参じると、女房たちが、控えの廂《ひさし》の間《ま》にてその話題で盛り上がっていた。

「今年は雨が多かったせいか、葵の葉の色が悪いと心配されましたが、持ち直してようございました」

「この分だと、当日も日和《ひより》は大丈夫のようですね」

賀茂の祭は四月の中の酉《とり》の日に行われる、上下《かみしも》の賀茂社《かもしゃ》の祭だった。

四月に入ると前儀《ぜんぎ》として流鏑馬《やぶさめ》などの神事が引き続き、都は華やいだ雰囲気となる。祭の当日、二葉葵の葉を社前や桟敷《さじき》・牛車《ぎっしゃ》の簾《すだれ》、また参列の諸役の衣冠につけた。葵の葉を飾った勅使が宮中の儀の後、行列である路頭の儀を経て両社へ参じ、それぞれ社頭《しゃとう》にて御《ご》祭文《さいもん》の奏上および御幣物《ごへいもつ》奉納を行う。この盛儀において最も注目の的になるのは、社頭の儀の主役たる勅使だった。

「さて、何と言っても、祭の注目は勅使にございますね」

「今年はどなたが務められるのでしょう」

「桜の中将さまが務めるということですよ」

　桜の中将という名に、一同は色めき立った。二十二、三歳の青年で、若い公達《きんだち》の中でも、抜きんでた美貌と才覚の持ち主という評判だ。小姫も名前だけは耳にしていた。

「あの桜の中将さまが勅使に立たれるのですか」

「さようです。桜の花のようだと謳《うた》われる中将のことです。きっと、これまでで最も美しい勅使とおなりでしょう」

　女房たちは申し合わせたように溜息《ためいき》を洩《も》らした。

「御祭神の玉依姫命《たまよりひめのみこと》さまもさぞやお喜びになるのでは」

「しっ。畏れ多い。滅多なことを申してはなりませんよ」

「なれど、あのように麗しい方にお似合いな女人はなかなかおりますまい。どんな方が妻におなりになるのか」

「それですよ。私が聞いた話では……」

事情通の女房が声を潜めて話し出す。一同は一斉に耳を傾けた。

「山科《やましな》の大殿《おとど》の姫君とお話が進んでいるらしいですよ」

「私もそう聞きました」

「あら、私が聞いた話では、違う方でしたよ」

「もしや、堀川《ほりかわ》の大納言殿の姫君ですか」

「おや、ご存じでしたか」

「私も知っていますが、中将さまは山科の方に頻繁に通われているそうではありませぬか」

「少し前まではそうでしたが、近頃は違うようですよ」

女房たちの声は一段と低くなり、一段と熱を帯びた。小姫も思わず傍らで聞き入った。どちらの姫君とも面識はない。しかし、噂《うわさ》の中将の相手なら、どちらも相応の魅力の持ち主のはずだ。小姫は、自分の物語に織り込むとしたらどうするか夢想し始めた。

そこへ奥から女房が慌ただしくやって来た。

「小姫さまはお出《い》でになっていらっしゃいますか？　倫子《りんし》さまの御前へいらして下さい」

常と異なり何やら焦った様子だ。急いで倫子の御座所に行くと、そこには見知らぬ老女と中年の女房が来ていた。並んで座り、几帳《きちょう》を隔てて奥の倫子と向かい合っている。老女は弱り果てた表情で小さくなっており、中年の女房は高慢な表情で小姫に目をやった。

「あなたは、なんということをしてくれたのです」

小姫を認めるや、中年の女房は声高に言い放った。

「自分の物語に、断りもなく夕姫《ゆうひめ》さまを手本にした人物を登場させるなど、勝手にそんなことをしてよいと思っているのですか」

突然のことに、小姫は話の筋が全く見えなかった。

「何を仰《おっしゃ》っているのです」

「とぼけても駄目です」

見かねた倫子が助け船を出した。

「少し前の作に出てきた姫君が、こちらの夕姫君を手本にしたにちがいないと仰っているのです」

「そんなことはありません」

「私も先ほどからそう申し上げているのですが、どうにも納得されないのです」

二人は、小姫の物語のことで土御門邸に来たらしかった。老女が恐る恐る口を挟んだ。

「倫子さま。申し訳ありませぬ。勝手な思い込みで、こちらさまに談判するなどならぬと申したのですが、どうにも聞かず。私どもの姫君は小さきことを気にされる気性なので、近頃はすっかり思い悩まれております。とうとうこの者が、主人の名で抗議するとまで言い出したので、ならば直接小姫殿に伺えば納得するだろうと、無礼を承知で押しかけましてござります」

　老女は姫君の乳母《めのと》のようだった。恐縮したように小さな体を更に縮こめる。倫子が諭すように語りかけた。

「小姫の物語に登場する人物は、一見誰かを手本にしているように見えますが、様々な典拠に由来してこしらえています。実在の誰か一人だけを模したものではありませぬよ」

　倫子が小姫を庇《かば》ったため、中年の女房は忌々しげに矛を収めた。しかし、小姫がほっとしたのを見すかしたように、棘《とげ》のある声を浴びせた。

「あなたのおかげで、姫君は他人《ひと》と会うのが怖くなってしまわれました。自分が世間で噂されていると気に病まれて、すっかり塞《ふさ》いでおられます。これで、もし中将さまとの縁談が壊れたら、あなたのせいですからね」

「私の物語が、姫君さまの縁談の障りになっていると言われるのですか？　何故《なにゆえ》に」

　小姫は思わず問いかけた。しかし、言いたいことだけ言うと、その女房は冷ややかな顔で出て行ってしまった。老女が慌てて追いかける。小姫は呆気《あっけ》に取られながら見送った。

　いつの間にか廊に集まっていた女房たちも、二人の背を目で追った。

「一体何のことを仰っているのでしょう」

　小姫には全く心当たりがなかった。けれど、気づくと、その場の視線は全て自分に注がれていた。

二

そのまま家に帰ると、父から心配されるのは目に見えていた。小姫は例によって、土御門邸でもらった菓子《くだもの》を届ける体《てい》で月乃《つきの》宅へ寄った。

簀《す》の子《こ》に並んで、菓子を前にした月乃は目を丸くした。

「それは、災難でしたね。どう考えても、その姫君が引きこもってしまったのは、小姫さまのせいではないでしょう」

「ええ、前にも話しましたが、私の物語の人物は、特定の人物だけに範を取るということはないのですよ」

「だったら、お気になさらなくてよいのではないですか」

「でも、私の物語のせいで引きこもってしまわれたと言われると、気にはなります」

簀の子のすぐ先の庭に控えていた鶴丸《つるまる》が首をひねった。

「しかし、おかしな話ですな」

「何がおかしいのですか？」

「外に出たがりの月乃さまと違い、中将の縁談のお相手ともなれば、滅多に邸《やしき》の外には出られますまい」

「それで？」

「邸の外に出ぬ人が、なぜ自分が世間で噂になっていると分かるのです？」

「それは……女房が耳に入れた、とか」

「主人が気にすると承知しているでしょうに」

月乃が返事に詰まった。小姫は思わず頷《うなず》いた。

「確かにそうですね」

大殿の姫君ともなれば、入内《じゅだい》することも可能な高貴な身分だ。通常そうした階級の姫君は、人前に姿を現すことはなく、寺参りなどを除いては外歩きもままならなかった。

「それでは確かめに行かねばなりませんね」

月乃が先走るのを小姫は諫《いさ》めた。

「今度はどこへ行こうというのですか」

「夕姫君さまとやらのお邸に決まっているではないですか」

「山科の大殿のお邸を訪ねるというのですか？」

自分の物語のせいで気鬱になったという姫君のことは気に掛かる。しかし同時に、自分を怒鳴りつけたあの女房の顔が思い浮かんだ。小姫はとたんに気が重くなった。

「私が訪ねたとてどうなるものでもありますまい。それに、訪ねても会って下さるかどうか」

「大丈夫ですよ、私も一緒に参りますから」

「またもや、あなたまで来るというのですか」

「桜の中将のお相手がどんな方か、気になるではないですか」

月乃の耳にも桜の中将の評判は届いているようだった。

「そんな野次馬のようなことを仰って」

小姫が呆《あき》れると、月乃は澄まして答えた。

「小姫さまもきっと、次の物語の参考になりますよ」

鶴丸が肩をすくめた。次の物語のためと言われ、小姫も少し気持ちが前向きになった。


ようやくのことで山科の大殿の姫君に対面できたのは、それから数日後のことだった。

倫子からの紹介もあり、小姫たちは奥へ通された。

邸内は、品の良い色調の調度で統一され、空薫物《そらだきもの》がほのかに香っている。調度と同じ色合いの薄衣《うすぎぬ》を幾重にもまとった女房たちが物静かに伺候していた。庭から雀のさえずりが聞こえる。例の女房の姿は見えず、小姫は内心ほっとした。月乃は何食わぬ顔で脇に控えている。

大殿に強く言われたようで、夕姫君は対面には応じたものの、御簾《みす》の中に据えた几帳越しに息を潜めていた。

両親の大殿と北の方は御簾のこちら側で同席している。朝堂では有能な上達部《かんだちめ》なのだろうが、普段の貫禄《かんろく》は影を潜めていた。

「この度は、わざわざご足労頂き申し訳ない。土御門のお邸にまでご心配をおかけし、面目もありませぬ」

「お詫《わ》び申し上げるのはこちらの方です。私の書いたもので姫君さまがご不快になられたとか」

御簾の向こうで、微《かす》かに身じろぎの気配がする。大殿は咳払《せきばら》いをし、続けた。

「いやいや。土御門の倫子さまが読まれる物語に自分のことが書いてあるなどと、思う方がおかしいのです。勘違いに過ぎぬと何度も申しているのですが、一向に聞く耳を持ちませぬ」

北の方も小柄な肩をさらに小さくして続けた。

「すっかり人付き合いを止《や》めてしまって、往生しております」

そう言って、一層声を潜めた。

「大きな声では申せませぬが、娘は良き縁談が進んでいるのです。それがこうなってしまって、お相手に文《ふみ》も返さぬ有様です。葵祭の見物にも誘われているのに返事もしないでは、中将さまの晴れ姿を拝見することすらできませぬ。ことに今年は、帝《みかど》が特に念入りの御祭文を仕立てられ、それを奉じる誉れある勅使を中将さまがお務めになるというのに」

　北の方は、我がことのように嘆いた。

「こう申してはなんだが、我々のような家は、身分に合う縁談を見つけるのに骨が折れるもの。このまま上首尾に行ってくれればと願《ねご》うておりましたが、困った仕儀になったものです」

　大殿は溜息を隠そうともしなかった。御簾の向こうから忍び泣きが伝わってくる。大殿が更に何か付け加えようとするのを、小姫は身振りで制した。御簾の向こうの姫君は、そのまま私室へ入ってしまったようだ。

「申し訳ござらぬ」

「いいえ。塞いでしまわれた原因が私の物語にあるとすれば、こちらこそ大変申し訳ないことにござります。此方《こなた》が意図しなくとも、何かおかしな風に受け取れるところがあるのやもしれませぬ」

「さて、いかがなものか。どこが気に入らぬのか聞いてもいささかも要領を得ませぬ。私が目を通しても、これといって引っかかる箇所は見当たらず。これも、一人娘なので甘やかして育てたせいかもしれませぬ」

　大殿は大殿なりに娘の不調の原因を探ってはみたようだった。

「近頃は女《おみな》子《こ》も物語の草子なるものを持て囃《はや》すと聞いたが、ほどほどにせよと申しておったのに、言わぬことではない」

「殿さま、小姫殿の前ですよ」

「おお、これは失礼した」

大殿は気まずそうに謝った。北の方が言い訳するように語った。

「私どもの家では、女子は伝統的な諸芸に十分に通じ、后《きさき》がね（后の候補者）ともなれるように教養を身につけるというのが代々の習わしなのです。物語草子は、息抜きのようなものとして読むことは許していました。なれど、知らぬうちに、随分夢中になったようで」

北の方がちらと目をやると、乳母は気の毒なほど身を縮めた。

小姫は穏やかに受け答えした。

「拙作が姫君さまのお心をお慰めしたのでしたら、光栄なことに存じます。ただ、お話を伺ったからには、私としても見過ごすわけにはまいりませぬ」

自分の物語が原因で、姫君が不調に陥り現実的に差し障りが出ているならば、小姫にとって他人事ではなかった。

「普通に読んでおかしくなくとも、ご当人にしか分からぬ疵《きず》があるのかもしれませぬ。私の筆が拙《つたな》いせいでございましょう。どこをそうお思いになるのか、直接姫君さまに伺わせて頂けないでしょうか。その上で、思い違っておられるところを私が正せば、お気持ちが晴れるかと存じます」

　そう提案しても大殿は渋面を崩さなかった。

「お申し出はありがたいが、そう首尾良く行くかどうか。ともかく、もう一度此方へ連れて参ろうほどに」

　横から月乃が口を挟んだ。

「無理強いはよくないかと存じます。それに、ご両親さまの前ではかえって話しづらいということもあるやもしれませぬ。よろしければ、私どもが姫君さまの御座所へ参上いたしたく」

「あなた方が行かれると申されるか？」

「さようにござります。私どものような軽輩の方が、気楽にお話しになれるかと存じます」

　小姫は月乃の押しの強さにはらはらしたものの、北の方は一理あると考えたようだ。

「よいのではないですか」

　小姫たちは姫君の許《もと》へ乳母に案内《あない》された。御簾は下ろされていなかったが、幾重もの几帳で隔てられている。忍び泣きはまだ微かに続いていた。部屋の隅から小姫たちは拝礼した。

「畏れながら、姫君さま。この度は、私の物語のせいでご不快な思いをなさったとのこと。

まことに申し訳ありませぬ」

己に非がないと思っても、ここはひとまず低姿勢を取ろうと小姫は考えた。几帳の向こうからこちらを窺《うかが》う気配があった。

「まことに勝手なお願いではございますが、姫君さまがご不快になった箇所をご指摘頂けましたら、こちらからご説明できると思うのですが、いかがでしょうか」

一同は姫君の反応を待った。姫君は黙したままだったが、すすり泣きは止まった。

「それに」

小姫は言葉を継いだ。

「もし、姫君さまがご納得なされないのであれば、お気に召すように書き換えようかと存じます」

月乃が驚いたように小姫の袖を捉えた。姫君の乳母もうろたえた。

「そんな。そこまでお気遣い頂いては、かえりてこちらが心苦しいことになります」

「そうですよ。小姫さま。一度倫子さまに献上した作品を書き直すと言われるのですか？それはあまりに大げさではありませんか」

小姫はかぶりを振った。

「私の物語は、人を不幸にするために書いているのではありませぬ。私の書きようが悪いのであれば、改めなくては、世に出す意味はありませぬ」

小姫はきっぱりと言い切った。方便のつもりはなく本気だ。奥から反応があった。

「私のために、書き直すというのですか？」

その声は明らかに動揺していた。霞《かすみ》がかかったかのような、優しい声音だった。

「夕姫君さま！」

乳母が驚くと同時に、姫君はおずおずと几帳をずらして半身を見せた。小柄で、あっさりした顔立ちで、子犬のような雰囲気の姫君だった。十六、七歳と聞いたが、華やかな中将の相手としては意外な佇《たたず》まいだった。

「私なぞのために、そんなことをしてはなりませぬ。それに、世の人々がもう既に読んで楽しんでいるものを書き換えるなど、その人たちの楽しみにも水を差すことになります」

夕姫君は目を伏せたままか細く答えた。そのまま几帳の奥へ戻ろうとするのに、小姫は真《ま》っ直《す》ぐに語りかけた。

「姫君さまも私のありがたい読者のお一人にござります。何卒《なにとぞ》姫君さまのお気がかりをお話し下さいませ」

小姫は真剣だった。その熱意が伝わったように、夕姫君は小姫の方を見た。

「おや」

月乃が突然声を上げた。同時に、先ほどから庭先で鳴いていた雀が部屋の中へ飛び込んできた。弾むように脚をつくと、小刻みに左右を見回した。

「夕餉《ゆうげ》をもらいにきたようですね」

夕姫君は穏やかに乳母を促した。乳母は心得たように女房たちへ用意を命じた。

「これは、姫君さまの雀ですか？」

月乃が物珍しげに尋ねた。

「よく懐いておりますね。こちらのお邸で餌付けなさったのですか？」

「いいえ。そういうわけではないのですが……」

夕姫君が言葉を濁すと、乳母が後を引き取って答えた。

「しばらく前、姫君さまが寺詣での折に、怪我《けが》をしておりますのを見つけられました。それで、おん懐《ふところ》へ入れて連れて帰られたのです」

「まあ。姫君さまおん自らですか」

小姫は目を見張った。姫君は恥ずかしそうに雀に目を向けた。

「放っておけば死んでしまうと思って。目の前に来たのに知らぬふりをしては、御仏《みほとけ》に詣でたのに殺生をするようで気が咎《とが》めたのです」

雀は浅い土器《かわらけ》から水を飲み、満足げに羽ばたきをした。

「夕姫君さまがお助けにならなかったら、危ないところでございましたよ。野山が近《ちこ》うございまして、狐《きつね》などがまことに私たち目がけて飛びかかってきたくらいですから」

乳母は今思い出しても恐ろしいというように顔をしかめた。

「雀を抱えて藪《やぶ》の中を逃げ惑っていたら、すっかり道に迷ってしまい、日は暮れてくるし、女童《めのわらわ》は転んで怪我をするし、あの時は往生いたしました。姫君さまは、雀に加えてその子まで背負ってやると仰せになって」

「歩けなくなってしまったのだから可哀《かわい》そうでしょう」

「それで、どうなさったのです？」

月乃が興味津々な様子で聞いた。乳母はそこで、少し自慢げに鼻を動かした。

「そこへ、お助け下さる方が現れたのです。これぞ御仏の功徳《くどく》と申せましょうか」

「もうよいではないか」

夕姫君の表情に恥じらいが浮かんだ。それを見て、小姫は状況を飲み込んだ。どうやらそれが、夕姫君と桜の中将の馴《な》れ初《そ》めらしい。月乃も合点がいったようだった。

「何やら物語のお話のようですね。おや、そういえば、光る君の物語にそんな話があったような」

確かに雀にまつわる場面がある。しかし、それを聞いた途端、夕姫君はさっと顔を曇らせた。月乃が慌てたように言い添えた。

「なれど、それは少し前の出来事でございましょう？　その話は、ずっと以前に書かれたものでございます。この小姫さまが、姫君さまのことを書いたわけではありませぬ」

「それだけではないのです」

「他にも何かございますか？」

小姫は落ち着いて話を聞くことにした。

「別の話の中には、公達らが、高い身分の家の娘は周囲が欠点がないように言いつくろうと話し合っている場面がありました。あなたも、先ほど父母に会ったでしょう。父母がいつもやっていることです」

小姫は月乃と顔を見合わせた。それは、上流貴族の間では特に珍しいことではない。

「夕姫君さま、それは上《うえ》つ方の家ではどこでもなさっておられることで、殿さまと北の方さまだけが特別なのではないと申し上げたではございませぬか」

そう乳母が訴えても、姫君は納得しなかった。

「他にも色々あります。近しい者が教えてくれました」

近しい者とはあの女房のことのようだ。しかし、小姫が辛抱強く話を聞いても、手本にされたという話は、どれも思い過ごしの域を出なかった。

いつの間にか雀は姿を消している。話すうちに、姫君はまたも塞ぎがちになった。月乃は姫君の気を引き立てるように口を開いた。

「雀の盃《さかずき》が空になったようですね。井戸はあちらですか？」

雀が水を飲んだ土器を手に庭に下りると、月乃は片隅の古井戸に近寄った。古びた木枠に土器を置こうとした時、怒ったような声が飛んできた。

「何をしているのです」

見ると、あの女房だった。ちょうど外出先から帰ってきたところのようだ。

「何をしにきたのです。姫君さまによからぬことを吹き込もうとしても無駄ですよ」

見かねた乳母が申し訳なさそうに、小姫たちにお開きを申し出た。小姫もこれ以上留まるのは難しいと判断し、そそくさと邸を後にした。

帰りの牛車の中で、二人で思案した。

「全て思い込みのようですね」

「ええ。作者の私が手本にしたわけではないと申し上げても、なかなか信じて頂けないのですから、どうしたものか」

自分が説明すれば誤解が解けるとばかり思っていた小姫だったが、名案は浮かばなかった。

「それに、あの女房に側《そば》におられては、説明できるものもできませぬ」

鶴丸が殊の外静かに歩かせる車に揺られながら、小姫は嘆息するほかなかった。

三

月乃は、久しぶりに花山院《かざんいん》の姫宮を訪ねた。このところ草子の読み聞かせの予定が合わなかったため、姫宮は待ちかねていた。乳母の常盤《ときわ》が止めるのも聞かず廊《ろう》の途中まで出て、自ら月乃の手を引き、部屋へ連れて行く。中へ入ると、月乃は驚いたように辺りを見渡した。調度や室礼《しつらい》が葵の葉で美々しく飾り立てられている。姫宮は得意げに月乃を見上げた。

「見事であろう」

「まあ、これは姫宮さまの御発案ですか？」

「ええ。宮の内を葵の葉で飾ってみたいと仰せになりまして」

実際に飾り付けの差配をした常盤も満更ではない風だった。

「姫宮さまは、賀茂の祭見物にはお出でにならないのですか」

「常盤が許してくれぬ」

「ご身分柄致し方ありませぬ。なればこそ、こうして飾り付けをしたのですから、それで我慢して下さりませ」

「でも、本物の行列が見たい」

「我《わ》が儘《まま》を仰ってはなりませぬ。それに、今年の賀茂の祭の前儀において、流鏑馬神事で落馬した者がいたそうです。良くない卦《け》が出ているという者もおります。そんなところへお出でになるべきではありませぬ」

常盤が言うことは尤《もっと》もだった。姫宮はふて腐されたように嘆く。

「ああ。こんな身分に生まれねばよかった。ただ人《びと》に生まれていれば、気兼ねなく祭見物に行けたのに」

「そんなことを言って、この乳母を困らせないで下さいませ」

姫宮の言い分も無理からぬことだった。何か二人にしてあげられることはないかと考える。と、良い案を思いつき、月乃は目を輝かせた。


あくる日。

小姫と月乃は、夕姫君の邸に来ていた。小姫がおもむろに切り出す。

「夕姫君さま。お気晴らしに、賀茂の祭に行かれてはいかがですか？」

夕姫君は案の定難色を示した。

「賀茂の祭に？　そんな、市中の者たちが私の噂をしているに決まっています」

「そんなことはありませぬ。実際に、祭見物にお出でになってみればお分かりになると思います」

しかし夕姫君は、実際に町中に出るなどあり得ないというように、頑《かたく》なに顔を背け袖で隠した。小姫は、夕姫君の反応を見越していたように続けた。

「それに、桜の中将さまが勅使をなさるというではありませぬか」

夕姫君の袖がぴくりと揺れた。小姫は更に一押しした。

「そのお姿をご覧になってはいかがですか」

「……中将さまは、もう私のことなど何とも思っていらっしゃらないのです」

「果たしてそうでしょうか」

小姫は声を励まし、夕姫君の手を取った。

「何かの手違いで、桜の中将さまからの文が届いていないだけかもしれませぬ」

「ですが、私は」

夕姫君は、悄然《しょうぜん》としながら心根を吐露した。

「私は、桜の中将さまのお心が私になかったらと思うと怖いのです」

賀茂の祭の行列を見物に行って、そのことを確かめるのが怖い。そんな夕姫君の思いが、小姫の手に伝わってくる。

「確かに、私にも夕姫君さまのお気持ちはよく分かります。なれど、人助けと思って賀茂の祭に行って頂けないでしょうか？」

小姫の思いがけぬ申し出に、夕姫君は要領を得ないように応えた。

「人助けとは、どういう意味です？」

「実は、お気の毒な生い立ちのさるやんごとなき姫宮が、祭見物に行きたがっていらっしゃるのです」

小姫は、話せる範囲で、花山院の姫宮のことを語った。

「まあ。まだお小さいのにお寂しいことでしょう」

「さようにござります。そこで、せめて賀茂の祭にお連れして、市中の賑《にぎ》わいをご覧頂きたいと思っております」

「それは良いお考えですね」

「ところが、姫宮の乳母が、私や月乃だけがお供では心配だと言って、祭見物を許してくれないのです」

言いながら、小姫は常磐の顔を思い浮かべた。これはあながち嘘《うそ》ではなかった。

夕姫君はすっかり幼い姫宮に同情した様子だった。

「まあ。なんと」

「もとより、乳母が心配するのも分かります。私どものような身分の者は従者の数も限られておりますゆえ。けれど、夕姫君さまのように身分の高き方からお誘いがあったら、乳母も心安く許してくれるでしょう」

小姫からの提案は思ってもみないものだったようで、夕姫君の顔は驚きで固まってしまった。しかし、その表情には、頑なに外出を拒んでいた時に比べ変化が見て取れる。気の毒な姫宮を不憫《ふびん》に思い心が揺れているのは明らかだった。

「小姫さまの仰る通りです。姫宮さまは、邸を葵の葉で飾り立てて、それはそれは祭を楽しみにされているのです」

月乃が横から畳みかけるように言うと、夕姫君の心は更に大きく揺れたようだった。

「その乳母殿が、私と一緒なら姫宮の祭見物を許すと言われるのなら……」

「ありがとう存じます」

小姫は月乃と声を揃《そろ》えて、夕姫君に礼を述べた。

賀茂の祭当日、月乃宅の牛車はいつになく満員で出発した。老いた大牛を鶴丸が励ましながら、牛車は都大路を進んだ。

中で揺られていたのは、月乃と小姫、それに花山院の姫宮と夕姫君だった。後方の席で小姫はこっそり月乃に囁《ささや》いた。

「よくこんなことを思いつきましたね」

「それを言うなら、小姫さまの方こそ、夕姫君さまをお連れ出しになるなど、よくお考えになったものです」

月乃は前方の二人を見やった。牛車の揺れにさえ声を弾ませる二人を小姫は微笑《ほほえ》ましく見つめた。

「人の噂になどなっていないと明らかにするには、逆の療法が一番だと思ったのです。確かに、ただ噂になっていると思い込まれている夕姫君を外へ連れ出すのは至難の業です。でも、お優しい方なので、幼い姫宮のためならば、祭見物にお出かけになると思ったのです。常のごと、お邸の車は嫌がられましたが、あなたの家の車ならば誰も夕姫君がいらっしゃるとは思わないと申し上げたら、尚更《なおさら》前向きになられたのです」

「なれど、格式を重んじられる山科の大殿が、姫君が受領《ずりょう》の牛車に乗られることをよくお許しになったものです」

「本日は特別です」

前簾から外を眺めるのに夢中な小さな姫宮が、何かを指して歓声を上げた。

「さる高貴な姫宮がお忍びでお出ましになる、そのお供にとなれば、お許しにならぬわけには参りますまい」

姫宮の素性は明かせないと小姫に言われた山科の大殿だったが、上達部としてそうしたわけありの皇族の存在は聞き知っており、かえって恐縮した。小姫は、極力少人数の随行を願い出て、件《くだん》の女房には伏せる形で夕姫君と乳母だけを参加させた。

「姫宮さまこそまことのお忍びで、ここにいると知れてはならぬお方です。あなたの家の車はまさにうってつけでしょう。だとしても、よく姫宮の乳母殿が許されましたね」

小姫に感心されて、月乃は照れたような笑いを浮かべた。

「ええ。乳母の常磐殿に、夕姫君が邸に引きこもってしまわれた事情をお話ししたところ、至って同情なさいました。そこで、夕姫君はお優しいご気性なので、やんごとない姫宮からのお誘いがあれば、きっと祭見物にお出でになるに違いないと申し上げました」

「あなたもやりますね」

「姫宮がそういった方とお付き合いすることも将来のために必要でしょうということで、祭見物を認めて下さったのです」

　月乃は主人思いの乳母の心も掴《つか》んだようだった。

「夕姫君も花山院の姫宮も、相手を思いやり合っての祭見物ですね」

　そう言って、小姫は前に目を向ける。姫宮の傍らには、穏やかに相手をする夕姫君の姿があった。

「先日お話しした時、夕姫君さまは心お優しい御気性とお見受けしました。花山院の姫宮さまと祭見物をなされば、きっと、お気持ちもほぐれると思ったのです」

　事実、はたから見ると、二人は仲の良い姉妹に見えた。話が弾んでいる。

「今日は、楽しいな。いつも、こうであれば良いのに」

「私も、姫宮さまとご一緒できてたいそう楽しゅうございます。外に出たのも久しぶりにございますし」

「なぜ、外へ出ないの？　父君も母君もおらぬのか？」

「いえ。両親《ふたおや》はおりますが……」

　小姫は後ろからそっと二人の様子を窺っている。

「私の乳母の常磐は、私には父君も母君もおらぬから、外に出ては危ないという」

　身寄りのない高貴な姫宮に万一のことがあってはならない。乳母の常磐が、過度なほど用心に用心を重ねて日々を送っているのが容易に想像できた。

「夕姫はよいな。父君も母君もいて。私には誰もおらぬ」

花山院の姫宮は淡々と言って、外を眺めた。乳母の苦労を肌で感じ取り、寂しさも辛《つら》さも外へ出さぬようにするのが習い性になっているようだった。

夕姫君は、そっと姫宮の手を取った。

「私でよろしければ、いつでもお呼び下さいませ」

姫宮の顔が明るくなったであろうことが肩越しに見ても分かった。小姫は、やはり来て良かったと、月乃と目を見交わした。

それぞれの乳母たちまで乗っては牛が音を上げるので、同乗せず、すぐ後ろから別の牛車で付いてきていた。大路は、いつにも増して人で溢《あふ》れ、さまざまな牛車が立て込んでいる。

「夕姫君さま。日も闌《た》けて参りましたね。行列がやって来るのももうすぐです」

これだけの人垣ができても、小姫たちの牛車に特段注目する者はいなかった。祭の喧噪《けんそう》の中、自分たちが乗るのはありふれた見物の牛車に過ぎなかった。

「誰も、私たちを見ている者なぞおりませぬよ。もう人目は気にならなくおなりではありませぬか」

しかし、夕姫君の警戒心は容易には解けそうにない。姫宮への受け答えは変わらないが、顔の前にかざす扇は片時も離そうとしなかった。

「ここらだ」

一行の牛車は、鶴丸が事前に下人《げにん》をやって場所取りをしておいた路地へ着いた。まもなく行列が通る大路に面し、勅使の中将の様子もよく見える位置だった。

「良き場所が取れましたね」

周囲に見苦しい車もなく、無事に見物ができそうだった。夕姫君も行列見たさからか、そろそろと扇の陰から顔を出して外を窺い始める。

と、その時だった。にわかに外が騒がしくなった。

「もう行列が来たのでしょうか。思ったより早いですが」

月乃がそう言って前簾の隙間から覗《のぞ》こうとした。途端に牛車が大きく傾《かし》いだ。小姫は思わず前簾にすがった。月乃が悲鳴を上げ、夕姫君と姫宮は斜めになった車内で折り重なった。

「何をする！」

鶴丸が怒鳴り声を上げた。見ると、豪壮に飾り立てた車が数両、小姫たちの牛車の前に押し出されようとしていた。

「ここは、うちが朝早くから取っておいた場所だ。あまりに無理が過ぎるのではないか」

鶴丸が抗議したものの、無理やり割り込んだ車の供人《ともびと》たちに怯《ひる》む様子はない。

「見れば受領風情の家の車ではないか。こちらは堀川《ほりかわ》の殿さまのお身内だ。遠慮してもらおう」

その言葉を耳にして、夕姫君がはっと身をすくめる。小姫は、堀川の殿さまというのが堀川の大納言であることに思い至った。堀川の大納言の娘は、桜の中将を巡って、夕姫君の恋敵と噂される姫君だった。

大納言家の車から、嘲《あざけ》るような甲高い声が響いた。高慢な顔つきの女房が、早く並べてしまえと指示を出している。大納言の下人たちは勢いに任せて、小姫たちの車をぐいぐいと後ろへ押しやろうとした。

「おい、よせ。止めろ！」

鶴丸とこちらの下人たちが必死に抵抗した。もめ事に気づいた人々が集まってくる。乳母たちの車は、そのせいでかえって近づけないでいた。辻《つじ》の向こうから、勅使の行列が近づいてくる。しかし、騒ぎは止まなかった。

「さっさとどけ！」

大納言家の供人の数人が、焦ったように車に直接手を掛けた。車は更に傾き、弾みで姫宮の小さな体が飛び出した。

「あっ」

声とともに、姫宮は地面に転がり出た。思わぬ騒ぎの最中の、高貴な出で立ちの女児の災難に、野次馬から大きなどよめきが起こる。

「大丈夫ですか」

その時、すぐさま車を滑り降りたのは夕姫君だった。夕姫君は、衆目の的となるのも構わず、べそをかく姫宮の頬を拭《ぬぐ》った。

「おのれ！」

怒りを露《あら》わにした鶴丸が、車に手を掛ける大納言家の供人の一人を殴る。それを機に、現場は殴り合いの大混乱となった。小姫と月乃も急いで車を降りた。

勅使の一行はもうすぐそこまで来ている。黒袍《こくほう》をまとい、冠に葵の葉をあしらった桜の中将は、騎乗のまま騒ぎに気づいたようだった。不審な眼差《まなざ》しを此方に向けると、路上に立つ夕姫君の姿に目を凝らす。夕姫君も中将に気づき、はっと我に返ったようだった。さっと袖で顔を隠すと、姫宮の手を引いて後ろへ下がろうとする。そこへ、鶴丸に殴られた相手が倒れかかりそうになった。

「危ない！」

桜の中将は瞬く間に馬を進め、夕姫君たちを庇った。小姫はその隙に近寄り、姫宮を抱き取る。中将は、すぐさま下馬し、夕姫君に駆け寄った。

「お出でだったか」

日の光の下、二人は初めて直面《ひたおもて》に見交わした。通例では考えられない邂逅《かいこう》だ。しかし夕姫君は、視線をそらさず桜の中将を仰ぎ見た。桜の中将は夕姫君に手を差し伸べようとする。その瞬間、夕姫君が桜の中将の背後に目を向け叫び声を上げた。

「危ない！」

後ろで、大納言家の供人の一人が、鶴丸へ棒で殴りかかろうとしてつまずいた。その振りかざした棒が、中将に当たろうとしている。

桜の中将はすんでのところで身を翻した。風を切る音がして棒は横へそれた。ほっとしたのもつかの間、小姫は、御祭文の筥《はこ》を奪おうとしている者がいるのに気づいた。

「何をしているのです！」

声と同時に鶴丸が飛びかかった。土埃《つちぼこり》が舞い、鶴丸は筥を奪い返す。狼藉者《ろうぜきもの》は、悔しそうな顔をして、小姫たちの脇をすり抜けて逃げた。

「こちらへ！」

月乃が、乳母たちの車の前から小姫たちを呼んだ。その時になって、夕姫君は扇も何もかざしていないことに気づいたように焦った表情になった。桜の中将は、初めて笑顔を見せた。

「これを」

いつの間に拾ったのか、一本の扇を差し出した。夕姫君が、はにかみながら受け取ろうとしたその時だった。伸ばした手を、横からわしづかみにする者がいた。

「夕姫君さま。何をなさっておられるのです」

件の中年女房が、鬼の形相で立っていた。

「お姿が見えぬと思ったら、この騒ぎは一体何事でございますか」

女房は、茫然《ぼうぜん》とする小姫たちを睨《にら》みつけた。

「相済みませぬ。祭見物に夕姫君をお連れしたのですが、車の場所取りをしたところに横入りされてしまって」

小姫が説明しようとしたが、女房は押しかぶせるように続けた。

「私がちょっと留守の間に、よくも勝手なことをしてくれたものです。夕姫君さまに何かあったらどうするつもりですか」

「申し訳ありませぬ。少しでもお気晴らしになればと思ったのです」

「由緒ある大臣家の姫君さまを、埃《ほこり》臭い往来に立たせておいて何が気張らしですか。こんな恥をかかせて、あなたはどう責任を取るつもりですか」

一連の騒ぎで、夕姫君一行は衆目の的となっていた。人目が気になるという夕姫君の思い込みを解消しようと連れ出したのに、これでは逆効果になってしまう。

「まことに申し訳ありませぬ」

小姫は深々と頭を下げた。月乃や鶴丸もそれに倣《なら》ったが、女房は一顧だにしない。

「かように粗末な牛車でお出でになったから、こんな騒ぎに巻き込まれたのです。私がどんなにご案じ申し上げたことか。さあ、お邸の車がお迎えに来ております。あれに乗って帰りましょう」

女房は、夕姫君の返事も聞かずに、無理矢理邸の車に乗せようとした。その袖に、花山院の姫宮が取りすがった。

「夕姫を連れて行くな！」

姫宮は、泣きながら女房の袖を引っ張った。女房は閉口して大声を出した。

「何ですかこの子は、失礼な。どこの子か仰い！」

姫宮こそ素性が知られてはならない。小姫は大あわてで引き剝《は》がすしかなかった。

女房は有無を言わさず夕姫君を車に押し込めた。夕姫君は乗り込むとき、姫宮を気遣って、幾度も名残惜しげにそちらを向いた。

夕姫君の乗った車が土埃を立てて去って行き、どこから流れてきたものか、重苦しく甘ったるい楓《かえで》の葉のような匂いまで漂った。去りゆく車の後ろで、花山院の姫宮は人目も憚《はばか》らず大泣きし始める。小姫はなだめながら、乳母たちの車へ姫宮を乗せた。そんな最中、小姫は傍らに立つ桜の中将に気づいた。

桜の中将は、一連の様子をじっと見ていた。手には、夕姫君に渡そうとした扇があった。おもむろに従者に筆を持ってこさせると、扇面に何やらさらさらと書き付けた。それから、小姫の方に向き直る。

「これを夕姫に届けてくれぬか」

匂いやかな面差しに、真剣な目の光が宿った。小姫はまごつきながらも扇を受け取った。

「承りましてござります」

「頼むぞ」

桜の中将はそう言い置くと、待っていた勅使の馬にひらりと跨《また》がった。蹄《ひづめ》の音も軽やかに祭の行列に戻っていくと、行列は何事もなかったかのように進み始めた。

四

半月余り経《た》った。長雨の時期が始まり、都はすっかり湿気ある不快な季節に入った。騒動のせいで、花山院の姫宮は帰邸後高熱を出した。熱は中々下がらず、臥《ふ》せったままとなった。ようやく熱が下がっても、季節が変わったせいか体調が優れず、寝たり起きたりの日々が続いた。

小姫たちはたいそう案じたが、乳母の常磐から中々面会の許可が下りなかった。ようやく訪問が許されたのは、月が変わってからだった。

小姫一行は、久しぶりに姫宮邸の奥へ通された。常磐は、厳しい表情のまま釘《くぎ》を刺す。

「ほんの一時《ひととき》の間だけですよ。まだ早いと申すのに、姫宮さまがこちらから出向くとまで仰せなので、来てもらったまでなのです」

「心得ましてございます」

寝所まで参上すると、姫宮は床の上に起き上がっていた。小姫たちに気づくと歓声を上げ衾《ふすま》を撥《は》ね上げて駆け寄り、一番後ろに控えた者の手を取った。

「来てくれたのか、夕姫」

本人のたっての願いで、小姫は月乃とともに夕姫君を伴って参上したのだった。あの時泣いていた姫宮のことが気がかりだということだった。

「お元気になられてようございました」

「毎日、寝てばかりでつまらぬ。今日はたくさん遊んでいけるのか？」

そう言って、姫宮は心配そうに夕姫君の背後を確かめた。小姫は訝《いぶか》しんだ。

「いかがなさいました？」

「今日は、あの意地悪な女房はおらぬのか？」

姫宮が言うのは、件の中年女房のことだった。夕姫君は微笑んだ。

「本日は私だけで参りました。小姫さまと月乃さまに無理を言って、こっそり連れてきていただきました」

それを聞いて、姫宮は安堵《あんど》した表情を浮かべたものの、再び思い出したように頰を膨らませた。

「あの女房は何じゃ」

「あれは、我が家に仕える女房でございます」

そう言うと、姫宮はそれが何の匂いだったか、必死に思い出すように黙り込んだ。

「そうだ。何時《いつ》ぞやの陰陽師《おんみょうじ》の匂いにそっくりだった」

姫宮の言葉で、小姫も思い出した。

「そういえば」

あの時、往来で土埃に混じって匂ったのはそれだった。路上で騒ぎを起こしたので、どこかに植えられた楓の香りだろうと気にも留めていなかった。しかし、それがあの陰陽師と同じ匂いだとしたら話が違う。小姫が記憶をたどっても、あの近辺に楓を見た記憶はなかった。

その後、姫宮は夕姫君に読み聞かせをたっぷりしてもらった。夕刻が近づき、乳母の常磐の咳払いが聞こえるまでそれは続いた。その間、小姫はあの女房から陰陽師と同じ匂いがしたことの意味を考えていた。

姫宮から次の約束を強くせがまれた後、小姫たちは帰途についた。牛車の中で三人はほっとして笑い合った。

「姫宮さまのご体調が戻られてようございましたね。私のせいで御不例《ごふれい》となられては申し訳が立ちませぬ」

そう言う夕姫君は、憂鬱が消えて、どこか晴れ晴れとした顔つきだった。

「夕姫君さま。その後、桜の中将さまとはいかがですか？」

月乃が不遠慮に尋ねた。夕姫君は頬を染めて、袖で顔を隠しながら答えた。

「あの時の扇に、新月より三日ごとの夜に逢いたいと書き付けてありました。そのお陰で、たとえ文が届かなくても、そう心づもりしておけばよくなったのです。あなたが届けて下さったお陰です。礼を言います」

小姫は、自分が仲立ちとして役に立ったことを知り、満足そうに月乃を見た。月乃は夕姫君の言葉に引っかかったようで、尋ねた。

「これまで文が届かないことがあったのですか？」

「ええ。桜の中将さまからの文が途絶えがちになったので、てっきり私は捨てられたのだと思っていたのです。なれど、この度直接お会いして伺ったら、文はこれまで通り遣わされていたそうです。幾度出しても、私からの返事がないのを不審に思っていたと仰って、だから、先日は扇に書き付けをしたのだと」

これまでと同じ連絡方法だと届かないと思った中将は、偶然出会った機会を逃さずに、行動に出たらしかった。

「お手持ちの扇なれば、確実に手元に届きますからね」

小姫が感心したように受けた。月乃は重ねて聞いた。

「恋文のやり取りは、互いに信頼できる従者を介すものにございます。夕姫君の取り次ぎ役はどなたですか？」

「あの、私を連れ戻しに来た女房です」

小姫は月乃と顔を見合わせた。そして、小姫は意を決して口を開いた。

「畏れながら、夕姫君さまと桜の中将さまの仲を裂こうとしているのは、あの女房ではないでしょうか」

「なんということを言うのです」

夕姫君の顔が険しくなった。しかし小姫は怯まず続けた。

「ですが、あの騒動の折、中将さまが夕姫君さまに扇を手渡そうとしたのをあの女房は邪魔しておりました」

「それは、探していた私をあの騒動の中で見つけたので、一刻も早く助けだそうとしたからではないでしょうか」

「たとえそうだとしても、小さな姫宮さまを邪険にするのはおかしゅうございます」

そう言われて、心優しい夕姫君は黙ってしまった。

「それに、私どもが夕姫君とお会いしたきっかけの件です」

「きっかけ？」

「夕姫君は、ご自分のことが私の物語に書かれ、それを読んだ世間の人が自分の噂をしていると思われ、引きこもってしまわれたと伺いました」

小姫の言葉に、夕姫君は辛そうに頷いた。

「確かに、私の物語の中に、ご自分のことが書かれていると思われる箇所があったかもしれません。しかし、市中の者がそれを噂しているなど、滅多に邸からお出にならない夕姫君がお分かりになるはずがありません。誰かが夕姫君さまに吹き込んだはずです。その者は、あの女房ではありませんか？」

小姫の指摘は図星だったらしく、夕姫君の顔は色を失った。

「なれど、一体何のために……」

「それは本人に聞いてみるしかありません」

数日後の深更。今宵《こよい》の月は満月だった。山科の大殿邸の庭の隅、古井戸の傍らの一際大きな前栽《せんざい》の陰に、月乃と鶴丸は潜んでいた。

「まことにあの女房が怪しいのですか？」

鶴丸は声を潜めて言った。月乃は声を出さずに頷いた。

「桜の中将さまは確かに文《ふみ》を出したと仰っています。夕姫君さまは受け取っていないと仰せです。そうだとすると、受け渡しの時に何かあったに違いありません。取り次ぎ役のあの女房が何かしたと考える方が妥当です」

「だからと言って、なぜこんなことを」

「文をどうするか、確かめるべきでしょう」

月乃は、検非違使《けびいし》庁の役人になったかのように息巻いた。

鶴丸は、月乃をなだめるように尋ねた。

「山科の大殿は承知しておられるのですか？」

「夕姫君さまはできれば大事《おおごと》にしたくないと仰せです。ですから、こうしてこっそりと。しっ、噂をすれば、です」

夜陰に紛れて、件の女房が姿を現した。頭から衣を引き被《かず》き、皎々《こうこう》と照らす月を忌々しげに見上げた。

それから、急に小走りになると月乃たちの方へやって来た。月乃はばれたと思い咄嗟《とっさ》に首をすくめた。

女房は井戸の脇まで来ると、きょろきょろと辺りを窺う。月乃はますます息を殺した。どうやら気づかれたわけではないようだ。女房は辺りに人影がないのを確かめると、袂《たもと》に手を入れ何やら取り出した。それは、夜目にも分かる色美しい薄様《うすよう》にしためられた文だった。そして女房はそれを音もなく井戸へ投げ捨てた。

月乃は、危うく声を上げそうになった。鶴丸も息を呑《の》んで見つめた。女房は再び周囲を確かめ、もと来た方へ戻っていった。

五

女房の姿が見えなくなると、月乃と鶴丸は井戸に歩み寄った。

月乃は、井戸の端《はた》から中を悔しげに覗き込んだ。

「こんなところに捨てられては、字も滲《にじ》んでしまって何が書かれていたか分かりませんね。そもそも、水の底に沈んで引き上げることもできませぬ」

すると、鶴丸が「それはどうでしょう」と微笑みながら応じた。

「見て下さい。今宵は満月が天頂で眩《まばゆ》いほどに輝いております」

そう言われて、月乃は空を見上げた。鶴丸は続ける。

「ところがどうでしょう。井戸の中は真っ暗で何も見えませぬ」

月乃が今度は井戸の中を覗く。鶴丸の言う通り真っ暗だった。

「それが何だというのです？」

月乃は、示された二つの手がかりを幾度も見比べた。そして、あることに思い当たり、鶴丸に顔を向けた。鶴丸は、我が意を得たりというように頷いた。

あくる日、小姫は、月乃から報告を受けた。

「だからあの時、井戸へ寄ったら怒ったのですね」

小姫は合点がいき、手にした扇を閉じた。月乃が雀の土器に水を入れようと井戸へ近づいた時に、女房が烈火のごとく怒って現れた理由が分かった。

「とんでもないことをする女房です。主人の恋路を邪魔するとは、御家のためにもなりません。姫君と言わず、大殿に申し上げてお邸から遠ざけて頂いた方がいいです」

月乃が業《ごう》を煮やしたように言う。しかし、小姫は首を振った。

「いくら私たちが見たと言っても、現場を押さえない限り言い逃れしようとするでしょう」

「そんな。では、どうしたらよいのです。せっかく桜の中将さまが、心を込めて文を差し上げておられるのに」

「私に考えがあります」

小姫は手元の扇を見ながら言った。

数日後の夜。

邸の外で、桜の中将の使者から文を受け取り、邸内に戻った女房は、例によって古井戸に近寄った。辺りを窺い、文を井戸の中へ投げ入れようとした瞬間、鶴丸の声が飛んだ。

「そこまでだ」

顔をこわばらせて、女房はそちらを振り向く。そこには、小姫と月乃と鶴丸、そして夕姫君が揃って女房を見つめ、立っていた。

庭は朝靄《あさもや》に包まれ始めた。簀の子の上で、女房はうなだれ、落ち着かなげに目を左右に動かしている。

「どうしてこんなことをするのです」

小姫が尋ねると、女房は一層顔を青くした。そして、唇を引き結んだかと思うと、夕姫君の方に向き直った。

「夕姫君さま、申し訳ありませぬ」

言い終わらぬうちにわっと泣き伏した。夕姫君は女房の様子に困ったように声を掛けた。

「そなたらしくもない不手際ですが、他の文と勘違いしたのですか？」

夕姫君は、あくまで何かの手違いだと思いたいようだ。女房は、夕姫君の解釈をなぞるように答えた。

「さようにございます。実は近頃、素性の良くない男が夕姫君さまに文を届けてくれとしつこくて、困っていたところなのです」

「素性の良くない男？」

小姫は、想像もしていなかった人物が話に登場し意表を突かれた。夕姫君も困惑を隠せない。

「その男が何か関わりがあるのですか？」

「いくら断っても、姫君さま宛ての文を私に押しつけてくるので、時々こうやって井戸に捨てておりました」

「夕姫君に断りもなく、ですか？」

月乃が信じられないというように言った。しかし女房は、押し強く続ける。

「姫君さまのようなご身分になると、様々な身分の方から懸想《けそう》されます。中にはお話にもならぬような有象無象もおります。そんな者からの文をいちいちご報告したりは致しませぬ」

女房の言い分は一応筋が通っていた。そして夕姫君はやはり、事を荒立てたくないようだった。

「夜陰では、あなたでも捨てる文を間違えることがあるかもしれませんね」

女房は勢いづいて答えた。

「仰るとおりでございます。これからは気をつけますので、何卒お許し下さいませ。悪いのは、あのしつこい男です」

「そのしつこい男とは、私のことか」

そう言って物陰から現れたのは桜の中将だった。脇に、文の使いの家人《けにん》を従えている。

「中将さま！」

夕姫君は、恥じらうように慌てて扇で顔を隠す。桜の中将は家人を見ながら言った。

「この者は昨夜の文だけでなく、私がこれまで託した姫君への文の数々を、確かにそなたへ渡したと申しておる」

「仰せの通りでございます。私は確かにお渡しいたしました」

家人の言葉を遮るように、女房が声高に語り始めた。

「何を仰いますやら。中将さまのお使いが文を持っていらしたのは、まことに昨夜が久しぶりでした」

女房は、あくまでしらを切り通すつもりのようだ。

「中将さまが文を託されたとしても、私は預かった覚えがないのですから、その者が途中で捨ててしまったのでしょう」

依然として言い張る女房に、皆怒りを通り越して呆れた顔をした。

「そこまで言うのであれば致し方ない」

鶴丸は言うなり、ぱっと井戸に飛び込んだ。小姫は慌てて井戸に近づき、月乃とともに中を覗き込んだ。

「大丈夫ですか？」

「大事ございませぬ。すぐに上がります」

その言葉通り、鶴丸は縄も使わず、手足だけを器用に動かして井戸の壁を登って出てきた。

「ほれ、女房殿。これらは、桜の中将さまから夕姫君への文が、この邸に届けられていたという動かぬ証《あかし》だ」

鶴丸は、懐から泥に汚れた紙の束を取り出した。

「お主もうかつだったな。この井戸は涸井戸《かれいど》だ。たとえ投げ捨てても、文の文字は水で消えたりせず、そのまま残っておったぞ」

それを聞いた女房の顔が再び青くなる。月乃は鶴丸から紙の束を受け取り、夕姫君へと手渡した。夕姫君は文を一枚いちまい丁寧に広げて読み進める。やがて顔を上げると強い口調で言った。

「間違いなくこの手跡《て》は中将さまのものです」

夕姫君は扇を取り出し、その陰で顔をほころばせた。文に書かれていたのは、夕姫からの返事の途絶えを嘆き、体調を気遣う内容ばかりだった。言い訳できなくなった女房は、地面にくずおれた。

「夕姫君さま、申し訳ございません。お許し下さい」

「なぜこのようなことをしたのです」

そう女房に尋ねる夕姫君の声はなおも優しかった。しかし、女房はただ泣くばかりで、答える余裕はなさそうだ。

「まさか、堀川の大納言家から頼まれたのではあるまいな」

桜の中将が尋ねると、女房は滅相もないとかぶりを振った。その様子を見た小姫は仕方なく口を開いた。

「あなたが怪しい陰陽師に操られているのは分かっています」

小姫の言葉を聞いて、女房はぴたりと泣き止んだ。

「何を仰っているのか分かりません」

「賀茂の祭の際、あなたから陰陽師と同じ匂いがしていたと、あの時の姫君が覚えておられたのです」

「あの時の姫君？」

女房は、自分の袖にしがみついてきた女児をなんとなく思い出したようだ。

「あんな行儀の悪い子供の言うことを信じるのですか？」

「やんごとなき姫君に何を言うのです。それに、私も、その陰陽師に会ったことがあるので分かります。あの日、確かにあなたから陰陽師と同じ匂いがしました」

小姫は厳しい目で女房を見据えた。鶴丸が言い添える。

「賀茂の祭の時に御祭文の筥を奪おうとしたのもその者であろう。お前たちは結託しておったのだな」

そこまで見破られて、さすがに女房は完全に観念したようだった。

「申し訳ございません。全ては我が夫のためなのです……。夫は人柄も良く、学問にも熱心でしたが、後ろ盾がないため中々良い官職に就くことができません……」

女房の夫は、真面目《まじめ》一筋の性格で苦労しているとのことだった。そこに陰陽師が近づいてきて、自分の指示に従って夕姫君と桜の中将の仲を裂けば、夫を出世させてやると持ちかけたのだ。

「陰陽師にそんな威勢などあるわけがないではないですか」

月乃が無遠慮に言うと、女房は答えた。

「何でも、陰陽道の達人である自分に心酔している上達部《かんだちめ》がいるので大丈夫だというのです」

言われてみれば、花山帝の姫宮の乳母も、すっかり騙《だま》されて伝領の宝物を取り上げられた。この女房も夫を思うあまり、藁《わら》にもすがる気持ちだったのだろう。そう思うと、小姫は女房への同情が湧いた。官途に就くために必死なのは父も同じだ。

桜の中将が穏やかに尋ねた。

「もうよい。せめてもの罪滅ぼしに、その陰陽師の居場所を教えよ」

女房も、観念した今となっては素直に答えた。

「畏れながら、五条にある今は住む人のない小家《こいえ》です」

それを聞いた中将は、その陰陽師を捕らえるよう伝えに、家人を検非違使庁へ向かわせた。

未明。

中将からの知らせを受けて、検非違使庁の一隊が五条へ到着した。しかしながら一歩遅かった。陰陽師は追捕《ついぶ》の手が伸びた気配を察知したものか、既に小家には影も形もなかった。

六

後日、夕刻。

土御門邸から帰った小姫を訪ねた月乃は、残念そうに言った。

「あれから方々《ほうぼう》を探しているのですが、陰陽師は逃げてしまったようですね」

「ええ」

小姫は相づちを打った。

「結局、あの女房殿は、夕姫君のところを辞めてしまったそうです」

小姫の許に届けられた夕姫君からの御礼の文に、そのように書かれていた。

「そうなのですか。あの人も、夫を不憫《ふびん》に思って陰陽師の口車に乗ってしまったのだから、気の毒と言えば気の毒ですね」

「ええ。人の弱みにつけ込んで心を操るなど許せぬ行いです」

小姫は既に、女房への怒りというより、人の心を弄《もてあそ》ぶ邪悪なものへの憤りを感じていた。月乃が思案顔で疑問を口にする。

「でも、陰陽師は何のためにあんなことをしたのでしょう。堀川の大納言に頼まれて桜の中将と夕姫君の仲を裂こうとしたのでしょうか？」

「それが、検非違使の調べでも、陰陽師と堀川の大納言家の間には何の繋《つな》がりも出てこなかったそうです」

夕姫君の文にはそのことも書かれていた。

「あの陰陽師は、桜の中将さまの御祭文も奪おうとしましたね。何のためにそんなことをしたのでしょう」

月乃は首をひねった。

「勅使に立った桜の中将さまに恥をかかせるのが目的でしょうか」

「それが真の目的ではなかったのではないかな」

気づくと、奥から小姫の父為時《ためとき》が出てきていた。

「父君、それはどういう意味ですか？」

「それが目的なら、そなたの物語のせいで夕姫君が引きこもりになったなどと難癖をつけに、土御門邸まで乗り込んで来る必要などなかっただろう」

父の言葉に、小姫は虚を衝《つ》かれた。為時は続ける。

「そなたが、読者の夕姫君を大事に思って行動を起こさなかったら、文のことも何も分からなかったし、女房を操っていたのが陰陽師とも分からなかっただろう。そして、この件が解決せずにお二人の仲が壊れたなら、そなたはどう思った？」

父の問いは予想もしないものだった。

「私の物語が二人を不幸にしたと思うでしょう」

「そのことこそが、陰陽師の狙いだったのかもしれぬ」

月乃がまだ分からないという顔で聞いた。

「でも、一体何のために」

「好き好んで、人を不幸にするために物語を書く者などいないだろう」

「もちろんです」

小姫は思わず声を上げた。

「そんな物語など書きたくありません」

小姫にとって、それは言うまでもないことだった。為時は娘に頷いた。

「そこだ。小姫の筆を鈍らせ、あわよくば筆を折らせようというのが狙いだったのかもしれぬ」

それでも小姫の疑問は消えず、月乃と同じ問いを父へ重ねた。

「一体何のために、私に物語を書かせまいとするのです」

為時は腕組みをしてかぶりを振った。

「それは、まだよく分からん。しかし、人の心を操る陰陽師が嫌がらせをするということは、そなたの物語には人の心を摑む何かがあるのだろう」

「私の物語に、そんな力があるのですか？」

そんな大げさなことは考えたことのない小姫だったが、思わず嬉《うれ》しさがこみ上げてくる。

「その不思議な力を、陰陽師は畏れているに違いない」

為時は娘を励ますように言った後、何かを思い出したようだ。

「不思議な力と言えば、陰陽師から奇妙な香がしたと申したな」

小姫は為時に、陰陽師がまとう香のことを相談していた。

「さようです。重く甘い匂いで、あんな薫物の香は嗅いだことがありませぬ」

「重く甘い匂いとな。月乃殿はいかがか」

為時が尋ねると、月乃も首をひねった。

「さて、あんな薫物は知りませぬ。薫物というより、何か植物の匂いという方が近いような」

「植物というと？」

「田舎《いなか》の荘園にあった楓や柏《かしわ》の葉の匂いに似ているような気もします」

月乃は遠い記憶をたどるように答える。為時は確かめるように反芻《はんすう》した。

「楓や柏の葉の匂い？　そんな香の薫物といえば反魂香《はんごんこう》があるが、……まさか」

「父君、いかがされました？」

為時は、小姫が怪訝《けげん》に思うほど表情を曇らせた。

「反魂香など白楽天《はくらくてん》の詩の中の話ではありませぬか」

その香を薫《た》けば、亡き人の姿がその煙の中に立ち現れるという、あくまで想像上の産物だった。

「その香を調合しようと試みた者が以前おったのだ。しかし、あの者は……」

「父君、あの者とは」

「花山帝が安倍晴明《あべのせいめい》に傾倒しておられるのをお止めしていた、もう一人の陰陽師だ」

「もう一人の？」

小姫は思わず声を上げた。何のことか分からぬ月乃は呆気に取られている。

「そんな者がいたのですか。では、今回の件はその者の仕業だと父君はお考えなのですね？」

「いいや。あれはもう亡くなっている」

それだけ言うと、為時は黙り込んだ。固く目をつぶり、忌まわしい記憶を振り払うかのようだった。と、小姫たちの心配げな視線を受けて、表情を和らげた。

「ともかく、嫌がらせに負けず、これからも書き続けていかぬとな」

そう言うと、為時は奥へ引っ込んだ。

父の様子が元に戻ったことに、小姫は一旦ほっとした。しかし、一度渦巻いた懸念は容易に去らなかった。

――あの陰陽師は、父の言う陰陽師と関係があるのだろうか？

そうだとすれば、花山帝や皇室にも関わりが生じてくるはずだった。けれど、ならばなぜ桜の中将の御祭文を奪おうなどとしたのだろうか。

考えてもそう簡単には答えは出そうにない。月乃に目をやると、沈思黙考する小姫を前に所在なげだった。

「月乃さまの妙案で、祭見物へ出かけたお陰で、夕姫君と桜の中将が結ばれて良かったですね」

機嫌を直した月乃は晴れやかに答えた。

「いいえ。あれは、花山院の姫宮さまのお手柄です。それに、桜の中将の文が涸井戸の底にそのまま残っていたのが幸いでした」

「お手柄と言えば、井戸が涸井戸だと気づいたのは鶴丸のお手柄でしたね」

鶴丸は、月が井戸の奥底の水面に映らなかったことから涸井戸だと気づいたのだった。

小姫に言われ月乃は、誇らしげな笑みを浮かべた。

そして、あの日自分が手にした文の束を思い出したようだ。

「薄様の色も美しいままでしたね」

月乃がうっとりと言った。小姫も深く頷く。

「料紙は思いの外強いものです。ことによったら千年先まで残るかもしれません」

小姫は仕事柄様々な紙に触れる機会が多い。少々のことでは破損しない紙の強さを分かっている。

「では、桜の中将さまと夕姫君の恋文も、千年先まで残るのでしょうか？」

「さて、それはどうでしょう。文というものは、受け取った相手が思いの続く限り大事にするものです。いつか役目を終えたら、誰かの手で、文殻《ふみがら》として燃やされるかもしれません」

「燃やされるのですか？」

「文殻の煙は、あの世へ届くそうですから」

私信は、当人たちだけの心のやり取りでよいと小姫は思う。月乃は分かったような分からないような顔をした。

「文は燃やされてしまうかもしれませぬが、小姫さまの物語ならば残るかもしれませぬよ」

予想もしないことを言われて、小姫は面食らう。

「そうでしょうか？」

「後世の人も、おもしろい物語は読みたいと思うはずですから」

自分の物語が後世まで残る。思ってもみない栄誉に浴した気がして、小姫はこそばゆくなる。頰を引き締めて言う。

「片言隻句《へんげんせっく》でも残るなら、この上ない名誉です。そうなるよう、精進《しょうじん》いたしましょう」

小姫の脳裏に、まだ見ぬ世の未来《さき》が少しだけ明るく照らし出された。

「それにしても」と月乃は思い出したように言う。

「賀茂の祭を見に行って、あんな騒動に巻き込まれるとは思ってもみませんでした。中々できない経験ですよ」

「確かにそうですね」

小姫も苦笑しながら同意した。

「私が知る限りでは、蜻蛉《かげろう》日記の作者として名高い兼家《かねいえ》公のご側室が、時姫《ときひめ》さまと賀茂の祭で鉢合わせしたという逸話ならありますが」

道綱母《みちつなのはは》とも呼ばれるその人は、関白藤原兼家の側室だった。時姫は正室で、その二人が祭見物時に、互いの牛車が向かいに位置するという思いがけぬ事態になったことがあった。蜻蛉日記には、側室と正室の挑発的なやり取りが和歌の贈答という形で記された。

「そうだ」

月乃はいきなり、名案を思いついたように小姫の目を覗き込んできた。

「次の新作は、今回のこととその逸話をとり混ぜて書いてみてはいかがですか？」

相変わらず突拍子もない提案だった。しかし一方で、それは案外おもしろい発想かもしれないと小姫は思った。

「できたら、すぐに読ませて下さい」

「そんなに簡単に書けませんよ」

そう言いながら、小姫は、静かに頭が回転し始めるのを感じた。

――ともかくその方向で考えてみよう。

小姫は、できれば、書き上げたら夕姫君や桜の中将にも読んでもらいたいと二人の姿を思い浮かべた。

小姫はつと立って簀の子へ出てみた。夕闇に沈みそうな夏の庭に、湿り気を帯びた風がゆるく吹いた。小姫は深呼吸をして、胸の奥まで新しい空気を吸い込むと、再び部屋へ戻ろうと踵《きびす》を返す。そのとき、最後に吸い込んだ空気に、庭にない楓の香りが混じっているような気がした。

第五話　鳴滝参り

一

　都大路に照りつける日差しが少し和らぎを見せる晩夏の午後だった。小姫《こひめ》は、出仕するため、新調したばかりの露草色の薄物をまとった。為時《ためとき》の書斎へ挨拶に顔を出すと、父は手元の書物から目を上げた。

「父君、土御門《つちみかど》へ行って参ります」

　父は眩《まぶ》しげに目を細め、娘の装束を見た。

「もうそんな季節か」

「いささか早《はよ》うございますが、色目だけでも先取りして涼しげにと思いまして。土御門のお邸《やしき》では今めかしき風《ふう》として皆やっております」

「若き者は時が多く残されておると思うゆえ、先取りなどと考えるのかもしれぬ。昔の漢籍の弟子の中にも、そんなことを言う者がおったな」

　為時は懐かしげに言った。小姫も思い出す。

「そういえばおられましたね。身なりを構わない門弟の方も多うございましたが、いつもきちんと身仕舞いされていた方を覚えております」

「ひなびた地から洛中へ通うのに、せめて姿なり整えていると申していた」

　そう言って、為時はその頃講義で扱っていた宋玉《そうぎょく》の詩を吟じた。

　　草木揺落《ようらく》して変衰《へんすい》す

　小姫もにこりと笑って応じた。

　　山に登り水に臨み、将《まさ》に帰らんとするを送るが若《ごと》し

　小姫は父の後ろの乱れ箱に気づく。珍しく外出用の衣の支度がしてあった。

「父君もお出かけですか？」

「ああ、恒例の参内日が近いからな」

　為時は、照れくさそうに少し大げさな物言いをした。

「こうしているうちにまことの秋になりかねぬ。行ってくるがよい」

小姫は、いつものように父に送り出された。

土御門邸は、この夏、涼を得るために庭の大池を改修し、山水の趣を凝らした造成を行っていた。庭の一番奥の人工の滝には、白糸を垂らしたように水が落ち、清冽《せいれつ》な滝音を立てている。

小姫は、その滝音が心地よく響く倫子《りんし》の御前に伺候していた。女房たちに囲まれ、新作の感想を受け、褒美の品を受け取ったまでは良かった。女房たちが気楽にお喋《しゃべ》りを始めて、雲行きが怪しくなる。

「新しく小姫さまがお書きになった物語も良いですが、やはり光る君の物語は特別でございますね」

「さようですね。新しい話はそれはそれで興趣に富んでいるのですが、読めば読むほど逆に、光る君の物語をまた読みたくなってしまいます」

「なよ竹のような女君との恋物語も心憎い出来映えでした。あの続きはどうなっているのでしょう？」

女房たちの無邪気な要求に、小姫は慎重に答える。

「そうですね。そのうちにそろそろ……」

　倫子は、小姫に機嫌良く菓子《くだもの》を勧めた。

「さても、ここまで読んでくると、そもそもの事の起こりを知りたくなりますね」

「そもそもの事の起こり、でございますか？」

　小姫は菓子に伸ばしかけた手を引っ込めた。

「そういえば、光る君の物語では、主人公が生まれた時の話を書かれておりませんね」

　女房の一人が話題を受けると、倫子は頷《うなず》いた。

「竹取物語しかり宇津保《うつほ》物語しかり、物語は、父母《ちちはは》の来歴から書き起こすのが大抵の習わしです。光る君の物語の濫觴《らんしょう》はこれまで出てきていませんね」

「倫子さまの仰《おっしゃ》る通りです。小姫さまはどのようにお考えなのですか？　私どももぜひ読んでみとうござります」

　女房たちは一斉に同調した。

　これまで書いてきたのは成人した光る君の恋愛譚《れんあいたん》だった。それが、そもそものことの始め――その父母の話から誕生など――を読みたいという声が上がった。

　小姫は控えめに笑みを浮かべながら、内心の焦りを押し隠した。

　これまでいくつかの短編を書くうちに、漠然と大きな物語の入口に立っている気はしていた。しかし、その影が大きければ大きいほど、物語の全容はまだ見えてこない。だから、気にはなりながら始原となる話はまだ書けないでいた。

倫子は、女房たちにかしずかれながら穏やかに小姫を見つめている。

「然《さ》は言え、物語の創作は、私たちが思うよりずっと労力がかかるもの。小姫を困らせてはなりませぬ」

小姫の物語創りは、実家の堤邸《つつみてい》でじっくり書き、でき上がると土御門邸に献上するというやり方だ。倫子が、自分の流儀を理解してくれているのはありがたかった。

「あなたの思うようにおやりなさい」

「ありがとう存じます」

小姫はほっとしながら平伏した。涼しげな滝の音が響く。

「見事な滝水にござりますね」

小姫は安堵《あんど》した心地のまま、白糸のような滝の流れに目をやった。倫子が微笑《ほほえ》んで頷くと、周りの女房たちが我がことのように自慢し始めた。

「さようでございましょう？　殿さまがこの夏、倫子さまのために命じて、昼夜兼行でご造成になったものです」

「人手も費用もいつもより幾倍もかかるのに、人足が集まらず、殿さまが苦労されておられましたね」

「あれのせいでございましょう？」

一人がそう言うと、他の者も困ったものだというように頷き合う。小姫は思わず尋ねた。

「あれとは、なんでございますか？」

「小姫さまはお聞きになったことはありませぬか？　近頃、都の民の間で広まっている妙な教えを」

「妙な教えにございますか？」

　小姫が不審げに問い返すと、訳知り顔の別の女房が口を挟んだ。

「なんでも、少し前から、とある法師が辻《つじ》に立ち、自分勝手な仏法を作り上げて、それを民に説いておるのだとか」

「はあ」

「それが、妙に堂々と説き聞かせるものだから、いつの間にか聞き入ってしまい、気がついた時には信者になる者が後を絶たないと言います」

「段々取り巻きが増えて、今では一人前の宗門のような勢いだと、うちの端女《はしため》が申しております」

「あら、あなたのところの端女は、その法師に感化されて出奔したのではありませんでしたか？」

「出奔したのはお宅の家人《けにん》のことでしょう」

　なにやら不穏な成り行きになってきたので、小姫は止めに入った。

「とにかく、その法師に下々の者がたぶらかされてしまい、あちこちで人手が足りなくなってきているのですね」

女房たちは揃《そろ》って頷いた。

話が収まったところで倫子は改まった口調となり、女房たちを遠ざけた。

「時に」

「あなたに頼みがあるのです」

倫子の夫、藤原道長《ふじわらのみちなが》の父兼家《かねいえ》は昨年亡くなり、まもなくその一周忌だった。兼家の正室で道長の生母は既に亡いが、側室は存命だった。側室には一子道綱《みちつな》があり、道長にとっては異母兄に当たる。側室は世に道綱母《みちつなのはは》と呼ばれる女人だった。

兼家亡き後、洛北鳴滝《なるたき》の寺に入っていた。兼家の一周忌法要を来月に控えているものの、先方からは一向に連絡がない。道長とは血が繋《つな》がっていないため、どうするつもりか倫子から直接尋ねるのも角が立つので困っているという。

「その方は、世に名高き蜻蛉《かげろう》日記の作者でいらっしゃる方ですね」

小姫もその文才の高さを知っていた。

「その通りです。かの御方《おおんかた》——私たちは蜻蛉の方《かた》さまとお呼びしていますが、以前からあなたの物語を読みたがっていらっしゃるそうです」

倫子は小姫に、その蜻蛉の方の許に新作を持って行き、様子を見てきてほしいと希望した。

「今は鳴滝の般若寺《はんにゃじ》におられます」

「かしこまりました」

「鳴滝は都の外れなので、十分注意して行ってきなさい」

気の張る役目だったが、倫子の期待には応えたい気持ちが勝る小姫だった。

話を聞いて、月乃《つきの》は目を輝かせた。

「道綱さまのお母君と言ったら、あの蜻蛉日記の作者ですね。お話を伺ったら、きっと小姫さまも創作の閃《ひらめ》きが得られるのではないですか？」

「確かにそうですね」

気の重い役目だと思っていた小姫だが、月乃の言葉に、これは貴重な機会だと気づいた。

「だったら私がお供しなければなりませんね。小姫さまはお喋りが苦手でいらっしゃるから」

「苦手だからなんだというのです？」

「物書きの先達《せんだつ》の、しかも初対面の方ですよ」

「それで？」

「話が弾まなかったら失礼ではありませぬか。蜻蛉日記から察するに、気位が高く悋気《りんき》の強い方かと」

「私が読んだ時にはそうは読み取れませんでしたが、あなたは読んだことがあるのですか？」

「読んだことはありませんが、世間ではそう見ています。そんな方に失礼があったら、倫子さまのお役目も十分に果たせないかもしれませぬ」

そんなことはない、と小姫は異を唱えようとした。しかし、月乃の顔つきを見ているとそうとも言えない気がしてくる。けれど、まだ渋った。

「あなたのお父君がお許し下さるかどうか」

「父は、今近在の荘園に所用で出かけています。不在のうちに行ってくれば分からないでしょう」

月乃は胸を張って答えたが、小姫は首を振った。

「御留守の間に勝手をして何かあったら大変です。知れたらきっとお小言を頂きますよ」

「大した遠出ではないので大丈夫でしょう。それに、亡き兼家さまのご側室とお近づきになる機会だと言えば、否やは申しますまい」

月乃に押し切られ、小姫は不承不承頷いた。

二

鳴滝の般若寺は、都の北の水の豊かな山手にある。百五十年ほど前の学者、大江音人《おおえのおとんど》が別業《べつぎょう》として開いた後、寺となった。大日如来の霊験《れいげん》あらたかな寺院として都人の間で名が通っていた。寺に近づくと、土地の名に違《たが》わぬ滝音が高く響いてくる。

小姫と月乃を乗せた牛車《ぎっしゃ》が山門へ続く坂道の下へ着くと、道の先から騒がしい気配が伝わってきた。目立たぬ木陰に牛車を止めそっと物見窓から窺《うかが》うと、どうやら寺の僧たちと群民が揉《も》めている様子だ。

小姫が目を凝らすと、ぼろぼろの法衣《ほうえ》をまとった長身の法師が民の真ん中にいるのが見えた。その法師は、日に焼けた黒光りする顔に爛々《らんらん》とした眼《まなこ》を光らせて人々を煽動《せんどう》していた。

「まことの御仏《みほとけ》がお怒りになっておる。あのように嫉妬深い女を、清浄なる寺域に住まわせるとはどういうつもりだ」

「そうだ、そうだ」

「自分の子供を身贔屓《みびいき》し日記に綴《つづ》り世に喧伝《けんでん》するなど、まことの御仏の教えに反している」

「そうだ、そうだ」

「あんな女を匿《かくま》う住職など、この般若寺にふさわしくない」

「そうだ、我らが法師さまに寺を明け渡せ！」

小姫は月乃とともに唖然《あぜん》とした。

「これは、一体何事ですか」

「小姫さま、あの者たちはまことの御仏とか申しておりますが、何のことでしょう？」

「まことの御仏？」

そんな仏の名は聞いたことがなかった。小姫は眉根を寄せたが、今この場に出て行くわけにはいかない。二人は驚きを抑えながらも、車内でじっと息を殺し身を潜めた。しばらくして、鶴丸が見つけた通用門から何とか寺の中に入ることができた。

小姫と月乃はほどなく、寺内の奥まった一室で蜻蛉の方と面会した。住職も目立たぬように同席する。

几帳《きちょう》越しに初めて対面するその人は、五十代半ばの尼僧だった。若い頃は美人の誉れが高かったと聞いていた通りだ。白絹の頭巾をまとった顔は貴《あて》やかに白く、鼻梁《びりょう》がすっと通っている。切れ長の目は年相応の落ち着いた光を宿し、来訪した小姫に向けられた。

「倫子さまから、あなたが来られると知らせは受けています。光る君の物語をお書きになっている小姫殿ですね」

「畏れ入りましてございます。蜻蛉日記の作者であり、文学の先達でいらっしゃる蜻蛉の方さまに、拙著をお読み頂いていると伺い光栄に存じます」

「何を言われるのです」

　蜻蛉の方は、受け答えの固い小姫の緊張をほぐすように微笑んだ。

「同じ文学といっても、私のものは、現実の出来事を書き留めた日記です。あなたのように無から物語を書き起こしたわけではありませぬ。何もないところから人や事柄を生み出すのですから、大したものだと思いますよ」

「お褒めにあずかり恐縮です。お言葉に甘えまして、拙《つたの》うございますが新しき物語をお持ちしましたので、お読み頂ければ幸いにございます」

「ありがとう、読ませて頂きますよ」

　蜻蛉の方はそこで言葉を切り、改めて小姫を見つめる。

「なれど、今日は、これを届けて下さるためだけにいらしたのではないでしょう。何か倫子さまからのお言付けがあるのではないですか？」

　難しい用件を蜻蛉の方の方から切り出してもらえて、小姫はむしろほっとした。

「さようにございます。兼家さまの一周忌が近いことを気にしておられました」

「やはりそのことですか。もちろん、お伺いはするつもりですよ……」

小姫は言葉の先を待ったが、蜻蛉の方はその先を濁した。

「ところで、門前で騒いでいる民たちは何なのですか？」

横から月乃がぶしつけに問いかけた。

「私には、民がなぜあんなことを言っているのか分かりません。あの法師は何者でございますか？　まさかこちらの御寺《みてら》と関わりのある僧なのですか？」

住職が遠慮がちに言葉を返す。

「当寺とはなんの関わりもござらぬ。こちらに蜻蛉日記を書かれた奥方が入っておられると知り、あのように騒いでおるのです」

「こんなことになっているなど、私から道長殿や倫子さまにお知らせしたくなかったので、連絡できなかったのです」

聞けば、最近になって、件《くだん》の法師を中心に、噂《うわさ》される蜻蛉の方の人となりをあげつらい強訴《ごうそ》を繰り返しているらしかった。

「それまでは、近在の子供らに和歌の手ほどきなどして、平穏に過ごしておりましたものを」

蜻蛉の方の声音は憂いを帯びた。小姫は思わず住職に尋ねた。

「まあ、和歌の手ほどきを？」

「さよう。奥方さまには、当寺に手習いに参る近所の子らに和歌を教えて頂いております。

子らの中には、拙僧に漢籍を教わるより、仮名文字で和歌を教わる方が楽しいと申す者もおります。おお、そういえば、本日も稽古の日ではなかったですかな」

「そうですが、それも、こうなってはどうしたものやら」

とそこへ、前栽《せんざい》の合間から、鶴丸《つるまる》が誰かを伴って参上した。

「失礼いたします。この童子が、念仏堂の近くでうろうろしておりました。下がれと言っても、尼君さまと約束があると言って聞きませぬ。無礼かと存じましたが、勝手に上がり込もうとしたので連れて参りました。いかがいたしましょうか」

見ると、貧しげだがこざっぱりした薄青色の衣をまとった六、七歳の男子が、鶴丸に首根を摑《つか》まれていた。

「構いませぬよ。約束があるのはまことです」

「それ見よ。そう申したではないか」

童子は一瞬怯《ひる》んだ鶴丸の手を逃れ蜻蛉の方の側《そば》へ回る。鶴丸は手を焼くように言った。

「男子であれば、まずは漢籍であろう。出世したいなら必須だ。寺だけでなく、家でも勤《いそ》しまねば」

「家では父君から教わっておる。和歌は教えてもらえないから、ここに来ておるのだ」

月乃が羨《うらや》ましそうな声を上げる。

「歌人としてご高名な蜻蛉の方さまから、直々《じきじき》に和歌の手ほどきを受けるとは、なんとありがたいことでしょう」

それを聞いた蜻蛉の方は顔をほころばせた。

「せっかくですからご一緒にいかがですか？　小姫殿も」

「よろしいのですか？」

期せずして和歌の手習いが始まった。

蜻蛉の方は愁眉を開き、生き生きとした表情となった。小姫は初対面の気詰まりも忘れて、月乃とともに思わぬ楽しい時間を過ごすこととなった。

「まあ。稲荷山詣《いなりやまもうで》の際の詠歌は、お山の杉の俗信からではないのですか？」

「そう言われる方も多いですが、私は古今《こきん》の歌から取ったつもりなのです」

小姫が言うのは、蜻蛉日記上巻の稲荷山参詣時の詠歌「稲荷山おほくの年ぞ越えにける祈るしるしの杉を頼みて」のことだった。

伏見《ふしみ》稲荷の杉は、その枝を持ち帰り庭に根付かせることができれば、祈願の験《しるし》があったものと信じられている。月乃が尋ねた。

「古今和歌集の歌といいますと、どれでございますか？」

すると、童子が蜻蛉の方に代わって高らかに朗詠した。

「わが庵《いお》は　三輪の山もと　恋しくは　とぶらひ来《き》ませ　杉立てる門《かど》」

蜻蛉の方は目を細めた。

「私が恋しくなったら、杉の立つ門を目印に訪れてほしいという歌です。この子はなかなか筋が良いのですよ。古歌の覚えも良いですし、歌の詠みぶりも周りから褒められています」

「尼君さまのお陰です」

童子がはにかんで答えた。月乃は興味深げに言った。

「小姫さま。やはり、作者ご本人に聞かなければ分からないことがありますね」

「まことですね。思わぬことが聞けました」

小姫も笑顔で同意し、歓談は続いた。

しばらくして日が傾いた。童子が突然声を上げる。

「もう帰る時間だ。遅れたら父君に叱られる」

「山道は危ない。送って行ってやろう」

童子と鶴丸が下がり、小姫たちは別れの挨拶もそこそこに辞そうとした。童子を送った鶴丸とは、通用門に繋いだ牛車のところで落ち合う手はずだった。

しかし、蜻蛉の方は久しぶりに和歌談義ができて楽しかったと見え、二人を引き留めた。小姫たちが外へ出たのは四半刻《しはんとき》（三十分）も経《た》ってからだった。本堂から下りの小道を下りたところに待ち合わせの通用門がある。乗ってきた牛車は通用門のすぐ内側に繋いであったが、鶴丸の姿はどこにもない。代わりに、先ほど童子が書いていた手習いの反故《ほご》が道端に落ちていた。

「どうしたのでしょう」

小姫は胸騒ぎがして辺りを見回した。すると、通用門の脇の藪《やぶ》に隠れるようにして、小姫たちが下りてきたのとは別の坂道があるのに気付いた。鶴丸が言っていた念仏堂への経路のようだ。

その道は両側の木が生い茂り、先が見えづらかった。自然の斜面を利用した急坂で、人一人が通れる幅の丸太で土留めをしただけの階段状になっている。藪に覆われた階段を上り切った辺りに念仏堂があるらしいが、ここからでは様子が分からない。階段を一、二段上った付近に何人もの民が集まり、伸びあがるようにして階段の先を窺っていたからだ。

先に月乃が近づこうとした。

「ちょっと、通して下され」

その時、階段の上辺りから大きな声が聞こえてきた。民が一斉に色めき立つ。もう一度誰かが怒鳴り返すような声が響いた。それは鶴丸の声だった。

「おい、止《や》めろ！　放せ！」

民たちはどよめきながら、念仏堂のある藪の向こうを指さしていた。

「鶴丸！」

止める間もなく月乃が人波に割り込み、小姫も後に続く。大勢の民が物見高げに寄り集まっていた。しかし日は既に落ち、小姫たちの位置からでは鶴丸がどんな状況なのか判然としない。

――上へ行ってみるしかない。

小姫は月乃と目を見合わせ、頷き合った。丸太の階段の一番初めの段に足を掛けたその時だった。

「ああっ！」

異様な絶叫が聞こえたかと思うと、地響きを立てて何かが階段の上から転がり落ちて来た。

「小姫さま、危ない！」

小姫は月乃に横へ引っ張られ、すんでのところで難を逃れた。次の瞬間、その足下へ男の体が転がってきて止まった。粗末な水干《すいかん》は袖が大きく破れて泥にまみれ、烏帽子《えぼし》が外れた頭からは血が流れている。男は小姫の目の前で呻《うめ》いたかと思うと、そのまま動かなくなった。小姫は思いもよらない成り行きに立ちすくんだ。

「死んだぞ！」

群衆の中の誰かが叫んだ。どよめきが起こり、他の誰かが同調するように怒鳴った。

「あの男の仕業だ」

指さされた階段の上へ一斉に目が向けられる。小姫も思わずそちらを見た。そこには、破れた袖を手にした鶴丸が、茫然《ぼうぜん》と立ちすくんでいた。

「人殺し！」

蜂の巣をつついたような騒ぎとなった。人々は熱に浮かされたように「人殺し」と喚《わめ》き続ける。鶴丸は突然降りかかった災厄を振り払うように叫んだ。

「違う！」

「違います！」

階段の下で、小姫も必死に声を張り上げた。

「そんなはずはありませぬ！」

月乃も負けじと大声で続けた。しかし、騒ぎは瞬く間に大きくなった。興奮した群衆は、小姫と月乃を力任せに押しのけ、逆巻く濁流のように鶴丸に襲いかかる。二人は悲鳴を上げた。

屈強な寺男たちの到着があと少し遅かったら、鶴丸はそのまま枯れ木のようにへし折られるところだった。

三

夜となったが、寺の周辺の物々しい雰囲気は変わらない。本堂の中は重苦しい空気に包まれていた。

　燈台《とうだい》を挟んで住職と差し向かいに座っているのは、民衆の中心にいたあの法師だ。皮膚は黒光りし、爛々と光る眼で住職を見据えた。蔀《しとみ》や格子は開け放たれ、篝火《かがりび》を焚《た》いた庭前には捕縛された鶴丸が引き据えられている。次の間では、蜻蛉の方と小姫たちがこっそりと聞き耳を立てていた。

「鶴丸殿が、貴殿の弟子を突き落としたと申されるか」

「さよう。念仏堂付近で我が弟子に因縁をつけ、小道で揉み合いになった後、逃げようとした我が弟子の背中を力任せに押したと聞く」

「それは違うぞ」

　鶴丸が庭先から訴えた。

「あの男の念仏堂での挙動が不審だったので、声を掛けたまでだ」

「偽りを申すな」

「偽りではない！」

「まことに声を掛けただけか？　そこにあるのは何だ」

　法師は、鶴丸の前に置かれた破《や》れ布《ぬの》を目で示す。それはあの男の袖の一部だった。

「声を掛けただけで袖が破れるものか」

　鶴丸は懸命に申し開きをした。

「声を掛けたら、脱兎《だっと》のごとく逃げ出したのだ。階段から転がり落ちそうになったので、腕を摑んで助けようとしたら袖が破れた。これはその時のものだ」

「九死に一生を得た我が弟子は、お前に襲われ突き落とされたと言っておるぞ。本当は殺そうと思ったのではないか」

「そんな馬鹿な！」

住職が咳払《せきばら》いをする。法師は住職へ目を向けた。

「突き落としたと言われるが、その現場を見た者はおらず藪の中だと言うではありませぬか。本日偶々《たまたま》参ったこの者が、貴殿の弟子を襲う理由はありますまい。まことにこの者が申しておる通りなのではありませぬか」

「さて、これなる者は、こちらにおる故兼家公の側室に連なる者の従者と聞き及ぶ」

「いかにも」

「我らに対し思うところがあってもおかしくはない」

小姫は思わず月乃と顔を見合わせた。主命とはいえ、自分たちが来たことで蜻蛉の方にとんでもない迷惑をかけてしまっている。だが蜻蛉の方は、息を殺したまま身じろぎ一つしない。

「それは言いがかりというもの」

「言いがかりと申されるか。なれど、我が弟子は実際に瀕死《ひんし》の重傷を負っておるのですぞ。

そんな怪我《けが》を自ら好んでする者はおりますまい」

「しかしながら、ものの弾みということもありましょう。悪気がなくとも不幸な偶然が起こるものでございます」

　法師は軽蔑したような目を住職に向けた。

「今度は偶然と申されるか。もしそうならば、御住職は此度《こたび》の不祥事をいかがお考えか」

「いかがとは？」

「寺域で起こったことは、たとえ偶然だとしても、住職の責任に帰すのではありませぬかな」

「なんと」

「こちらの寺は亡き兼家公と関わりが深い。兼家公の縁者を擁護するとともに、目障りな我らを排除しようとて、偶然を装ったとも考えられよう」

「何を申される。そのようなことは断じてありませぬ。いくら御坊《ごぼう》が同じ仏弟子だとしても、言ってよいことと悪いことがありますぞ。調べれば分かることでありましょう」

　さすがの住職も気色《けしき》ばんだ。その時、小坊主が足音高く参上した。

「住職さま、大変でございます」

「いかがした」

「検非違使《けびいし》庁から、本日の騒動について調べたいと使者が参っております」

これはただ事ではなかった。誰が知らせたものか、鶴丸は罪人になろうとしている。時を置かず、検非違使庁から派遣されたらしい火長《かちょう》ら数人が乗り込んできた。

「仏の御弟子《みでし》に手を掛けたという者はこの男か」

「お待ち下され。何かの間違いでござります」

火長らは住職の制止にも耳を貸さない。もがく鶴丸を、有無を言わさずに引き立てた。

「待て！　私は何もしておらぬぞ」

月乃はすぐさま戸に手を掛け、表へ出ようとした。小姫がその手を必死で押し止《とど》める。

鶴丸は更に何か言おうとしている。しかし、訴えは遮られそのまま連れ去られた。法師がおもむろに立ち上がった。

「童子が見ていたはずだ！」

「御住職の仰せの通り、調べればあの男の罪がはっきりしましょうな」

「童子が見ていたと申しておったが」

「口から出任せでしょう。往生際の悪いことだ」

法師は鼻で笑った。

「あのような悪漢の出入りを許すなぞ、修行の場を穢《けが》す所行。そして、罪深き女人を重んずるなど、仏の御心《みこころ》に叶わぬこと甚だしい。なればこそ、このような仕儀にあいなったのではありませぬか」

　小姫は立ち上がろうとした。今度は月乃が、追いすがるように両手で止める。己《おの》が考えを恣《ほしいまま》に主張して立ち上がった法師は、小姫たちのいる方を一瞥《いちべつ》すると不敵な顔で去った。後には夜の闇と静寂が残された。蜻蛉の方が念珠を繰る音だけが重苦しく響いた。

　小姫と月乃は、家に使いを出しそのまま寺に泊めてもらい、あくる朝早く帰宅した。泊まっていくよう勧めてくれたのは蜻蛉の方だったが、住職に二人のことを頼むとそそくさと奥へ引っ込んでしまった。結局朝も会えずじまいとなった。

朝餉《あさげ》を前に、小姫はぼんやり考え込んだ。去り際に見た蜻蛉の方は、ひどく悲しげな表情をしていた。自分のせいで亡き夫の法要が滞るのを自ら責めているように見えた。

　月乃が溜息をつき、口を開く。

「あの法師たちの目的は何なのでしょう。まことの御仏だの、夫の悪口や子供自慢はけしからぬなど、やたらと婦人の不徳を責め立てておりましたけれど」

「蜻蛉の方さまに言いがかりを付けたいというか、困らせたいのでしょう」

「何のために？」

「何のためと聞かれても……、見たところ、まともな僧には見えませぬ」

「では私度僧《しどそう》（国の許可を得ずに出家した僧）ということですか？」

「さて、よく分かりませぬが、妙な教えを民に信じ込ませているのは確かなようですね」

　あれが、土御門邸で耳にした辻説法の法師に違いないと小姫は思った。

「なぜ、あの御寺で？　もっと洛中の寺院周辺の方が目立ってよくありませんか？」

「それは、私に聞かれても分かりませぬ」

「あの法師は、住職か誰かに恨みでもあるのでしょうか？」

　小姫が見聞きした昨夜の対面の様子では、そういうわけでもなさそうだった。月乃の問いに、小姫ははたと答えに詰まった。それに構わずに月乃は続けた。

「蜻蛉の方さまがおられるからかもしれませんね」

　小姫は困惑を隠せなかった。

「蜻蛉の方さまが？」

「蜻蛉の方さまを困らせたい誰かが、法師を使って御寺に嫌がらせをしているのではないでしょうか」

　小姫はそんなことなど全く思いつきもしなかった。

「蜻蛉の方さまに嫌がらせですって？　そんなことを誰が仕組むというのです？」

「継母と継子が仲が悪いというのは世の常ではありませぬか」

　月乃はそう言って目をそらす。

「継母と継子？」

「倫子さまの婿君ですよ」

小姫は一瞬の後に言葉の意味を理解し、仰天した。

「道長さまがそのようなことをさせているというのですか？　一体何故《なにゆえ》？」

今度は、小姫が矢継ぎ早に問う番だった。

「道長さまは本家筋として、亡き兼家公の一周忌法要に蜻蛉の方さまにお出まし下さいとお声を掛けておられるのです。その方が、裏で嫌がらせをしているなど道理に合いませぬ」

「それは、表向きはそうかもしれませぬが」

月乃は一旦言葉を切ったが、意見を変えなかった。

「あの法師の謂《い》いではありませんが、蜻蛉日記には亡き兼家さまへの恨みつらみが満載なのでしょう？　また、それと同じくらい実子の道綱さまへの身贔屓も載るとか」

「蜻蛉日記が何だと言いたいのです？」

「自分の父親への悪口雑言《あっこうぞうごん》や義理の兄弟への礼賛ばかり書かれた日記が世に出回っているとしたら、道長さまとて、思うところがおありになっても不思議ではないですよ」

月乃の言う通り、蜻蛉日記は今から十六年ばかり前に成立して以降、広く世に読まれている。摂関家栄華の道筋を付けた兼家の側室による回想録として、噂が噂を呼んだ。ついには、実際に読んだことがない人の、聞きかじりや憶測が一人歩きするようになった。

「あなたは、蜻蛉日記を読んだことがあるのですか？」

「読んではおりませんが、どんなことが書かれているのかは知っております」

月乃は頑《かたく》なだった。自家の従者に降りかかった災難の原因がどこかにあるはずと思いつつ、父の不在中に起こったややこしい事態に余裕をなくしているようだ。同情しながらも、小姫はきっぱりと首を振った。

「私は蜻蛉日記を読みました。確かに悩みや恨みが書いてありますが、内容をよくよく鑑みると、それだけではないと思うのです」

「それだけではないとは？」

そこで、再び小姫は返答に詰まった。実際に読んだ印象からは、好奇の目で噂される部分は表面的なことに見えた。では、何が真実かと言えば、まだ上手《うま》く説明できない。

――なれど。

小姫は心の中で思い出した。

――鳴滝の般若寺は、亡き兼家さまとの思い出の場所ではなかったか。

一周忌を迎えようとする今、蜻蛉の方がそこに隠居するということが、何かを示唆しているように思えた。

四

あくる日、小姫は土御門邸へ赴いた。倫子は、予想外の報告に驚きを隠せないでいる。

「何の便りも寄越《よこ》されないと思ったら、まさかそんなことになっていたとは。いかに心細くていらっしゃったことでしょう」

「拝見しましたところ、蜻蛉の方さまとしては、怪しげな法師に言いがかりを付けられているのを恥だと思っておられ、外に洩《も》らさぬようになさっていたようです」

「お気の毒に。さっそく道長さまにお願いして、それなる法師を追い払って頂きましょう」

「いえ。それはまだなさらぬ方がよろしいかと存じます」

小姫は慌てて倫子を止めた。倫子が不審そうに聞いた。

「なぜです？　法師のやっていることは、摂関家に泥を塗るに等しいです」

「なればこそ、やり方を間違えると御名に傷が付いてしまいます。それでは、蜻蛉の方さまのこれまでの我慢を無にしてしまいます」

その言葉の半分は本当で、半分は嘘《うそ》だった。月乃の言ったことを信じたわけではないが、ここで事を荒立てるのは得策でない気がした。

「まだ何も確かめられておりませぬ。そもそも、かの従者が、法師の弟子を突き飛ばしたことがまことか否かも分かっておりませぬ」

「なれど、検非違使庁の役人に連れて行かれたのでしょう？」

「さようですが、本人ははっきり否定しております。私はかの者をよく知っておりますが、嘘を言う人間ではありませぬ」

「それはそなたの言う通りかもしれませぬが、では、どうしようと言うのですか？」

「要は、罪なきことが明かされればよいかと存じます。突き落としていなければ、此方《こなた》に罪はないのですから、それ以上事の広がりようもございません。道長さまのお手を煩わすまでもございませぬ」

小姫は、まだ倫子の夫道長と直接対面したことはない。倫子のみならずその夫まで動かして収拾が付かなくなることを恐れた。

「遠慮することはないのですよ。蜻蛉の方さまをお助けすることと同じなのですから」

「ありがとう存じます。まずは、私どもに探らせて下さりませ。首尾良く疑いが晴れれば、逆に法師方にとっては都合の悪い次第になるかと存じます。信用を失ったかの者たちは自ら逃げ失せることでしょう」

自分たちの排除に、兼家の息《そく》の一族が関わったと知れば、法師らは倫子や道長までも逆恨みするかもしれない。

――それに、万一月乃さまの言う通りだったら……。

蜻蛉の方を苦しめているのが道長だったとしたら、倫子の立場はなくなることになる。

それは何としても避けたかった。

「罪なきことを明かせれば大丈夫です。ただ、それまで、検非違使庁での取り調べを日延べしていただけないでしょうか」

取り調べという名の拷問で、鶴丸が痛めつけられるようなことだけはあってはならなかった。

「分かりましたよ。任せなさい」

　倫子は小姫を安心させるように頷いた。小姫はひとまず胸をなで下ろした。

　罪なきことを明かすには、鶴丸の言い残した「童子」の証言が必要だ。小姫と月乃は、その童子を見つけようと、鳴滝の周りを必死で探した。しかし、あてもなく探し回っても、それらしい子供など見つかるはずはなかった。

　小姫と月乃は再び蜻蛉の方の許《もと》を訪れた。法師の集団は寺の周囲から姿を消していたが、蜻蛉の方はすっかり気落ちしていた。

「亡き殿の法要が近いというのに、こんなことになってしまいました。この分では、土御門にも迷惑がかかってしまうかもしれませぬ」

「倫子さまは、そんなことは気にしておられませぬ」

「倫子さまが気にされなくても、実際何か起きてしまったら申し訳が立ちませぬ。やはり、法要への出席は遠慮しなければなりますまい」

蜻蛉の方は残念そうに溜息をついた。

「蜻蛉の方さま。伺いたいことがあるのですが」

小姫は、鶴丸が言ったことを手がかりに、現場を見たと思われる童子を探していることを話した。

「それならば、和歌を習いに来ていたあの子ではありませぬか」

蜻蛉の方は、あの日のことを思い返すように言った。

「あの童子は毎日のように来ていたのですが、そういえば、あの日以来姿を見せないのです。ひょっとすると、あの子が何か知っているかもしれませぬ」

小姫には、なんとなく光が見えてきた。早速、童子の家の場所を聞き、月乃とともに行ってみることにした。


けれども、不案内な土地でもあり容易にたどり着けない。教えられたように、山門を出て寺の外の山道を下り、藪の生い茂る脇道に入り込むと、そこで方角を失った。行きつ戻りつした挙げ句、とうとう道ばたの杉の木陰で座り込んでしまった。

「暦の上ではもうすぐ秋だなどと信じられませぬ」

月乃が汗をぬぐいながらぼやく。木陰の後ろの藪の中で、ざわざわという葉ずれの音がした。小姫は誰に言うともなく詩を吟じた。

悲しいかな、秋の気たるや
蕭瑟《しょうしつ》たり、草木揺落して変衰す

「こうやって吟じていると、言霊《ことだま》で、秋の気配が感じられるようになるかもしれませぬ」

心なしか涼しい風が通り抜けていった。再び葉ずれの音がした。小姫は音のした方向にじっと目を向ける。そして、さりげなく杉の木を見上げつつ口にした。

「そういえば、蜻蛉の方さまが引かれたという古今集の歌がありましたね」

そう言って、朗々と詠じてみせた。

わが庵は　三輪の山もと　恋しくは

小姫は上の句だけで途切れさせた。まるで催促するように、藪の中で葉ずれの音がした。

「小姫さま？」

「ああ、ええと、下の句は、と」

小姫はしばし考える素振りをする。

「恋しくは……、それから」

そう言いながら、そっと藪を盗み見た。月乃は気づかない様子で引き取った。

「度忘れなど、小姫さまにしてはお珍しいですね。下の句は確かこうでしたよ」

「月乃さま」

月乃が後を続けそうなのを、小姫は目で制した。月乃は面食らったように、言葉を呑《の》み込む。けれど、すぐに小姫の視線の先を見て、合点がいった様子だ。澄ました顔で続ける。

「恋しくは　ふたたび来ませ、でしたか？」

小姫も調子を合わせた。

「かならず来ませ、ではありませんでした？」

二人がわざと誤った四句目を言い合うと、風もないのに、一際高く葉ずれの音が立った。

と思ったら、聞き覚えのある子供の声が響いた。

「とぶらひ来ませ　杉立てる門、だ」

声と同時に、藪の中から子鹿のように飛び出す者がいた。

「そなたは」

それは、探していた童子だった。あの日と同じ薄青色の衣をまとって、小姫たちの前に立っている。

「もし、先日の」

童子は一瞬しまったという顔をした。と思うと、ぱっと踵《きびす》を返した。月乃は急いで捕まえようとする。しかし、素早くその脇をすり抜けた。

「お待ちなされ！」

待てと言われて待つ童子ではなかった。坂道を駆け下り風のようにいなくなった。気づけば山あいの風は途絶え、滝の音が蟬《せみ》の声に混じって聞こえてきた。

五

小姫たちは必死に童子の後を追い、ようやく小さな庵《いおり》を見つけた。近寄ろうとすると、話し声が聞こえ、小姫と月乃は傍らの茂みに身を隠した。

茂みの陰からそっと窺うと、庵の入口に数人の姿が見える。そのうちの背の高い一人を見て、小姫は声を上げそうになった。それはあの法師だった。傍らにいるのは、下人と思《おぼ》しき目つきの悪い男だ。残った一人の側に、あの童子が立っている。

童子の横に立つ男に法師が語りかけて、男は言葉少なに頷いている。下人は愛想笑いをし菓子を与えようとしたが、童子は受け取らず中へ引っ込んだ。法師はすぐに話を終えて立ち去った。立ち去り際に、下人が小さな袋を男に押しつけるように渡す。男は無理矢理押しつけられた小袋を手に憮然《ぶぜん》と法師を見送った。

小姫は、目をよく凝らして観察した。力なく肩を落とすその男を、以前どこかで見たことがある気がする。梢を揺らす清風が吹き渡り、その男の衣をふわりと煽《あお》った。

薄青い袖が風に翻《ひるがえ》るさまで、小姫は記憶を呼び覚まされた。

「あれは、父君の……」

男は、父の以前の門弟だった。花山帝《かざんてい》退位事件後、役職を解かれた父の許から、幾人もの門弟が離れた。男はその一人だった。童子とよく似ており、自身も粗末だが清潔な青い衣で身仕舞いをしていた。

小姫は、法師らの姿が完全に見えなくなったのを確かめると、月乃が止めるのも構わず、男に声を掛けた。

中へ入りかけていた男はぎょっとして小姫を振り返った。小姫は非礼を詫《わ》びつつ、手短にわけを説明する。初め男は戸惑《とまど》う様子だった。

「小姫さまの友の従者が、法師の弟子を突き落としたと仰るのですか？」

「階段から突き落としたと言われ検非違使庁に捕らわれたのです。けれど、そのようなことは決してございませぬ。従者は、こちらの童子が見ていたと申しております。何卒《なにとぞ》証言してくださいますようお願い申し上げます」

男は話を聞くうちに、しだいに硬い顔つきになっていった。そしてぴしゃりと言い放った。

「お断りいたします」

にべもなくそう言われ、取りつく島もない。しかし月乃は負けじと食い下がった。

「何故ですか？」

「法師殿は、摂関家の横暴を看過しがたいものと嘆いておられる。これまで何度も謂われなき迫害を受けてきたのです。弟子たちはその法師殿に身を捧げています」

男の言葉には怒りが滲《にじ》んでいるものの、小姫は聞き捨てならなかった。

「謂われなき迫害？」

「法師殿は、政《まつりごと》の無道をあちこちの辻で説いておられ、我らが知らぬような不正や腐敗を告発してこられた。そのたびに弾圧されたが、それは権力の座にある側にとって公《おおやけ》になっては不都合なことだからです。小姫さまは、今は土御門邸に出入りされているとお聞きする。土御門の殿は、摂関家から婿取られたと聞いています。言うなれば、花山帝の仇《かたき》の一族の側の人間ではないですか。花山帝のご無念など、あなたにはもはや関わりなきことなのでしょう。兼家公のご側室といいあなたさまといい、文学《ふみ》を弄び物にして、女子《おみなご》は気楽なものですな」

それは違うと言いたかった。しかし、土御門邸に物語の女房として出入りしているのは事実だ。

そんな自分が、端《はた》から見てそう思われていても仕方がない。そう思うと、小姫は黙り込むしかなかった。

「法師殿の御一党には世話になっております。それ故、息子《むすこ》は協力させられませぬ。お帰り下され」

男は中へ引っ込み、音を立てて戸を閉めた。いつからか、童子が家の陰からやり取りを見ていたが、父に声高に呼びつけられ、すぐに姿を消した。

小姫と月乃はその場に立ちすくんだ。その後は何度戸を叩《たた》いても、再度男が顔を出すことはなかった。二人は、月に照らされながら家路につくほかなかった。

小姫は帰宅してすぐ為時に相談した。

「あの者がそんなことを申したのか」

為時はしばし考え込む風だった。それから娘に向き直った。

「浮かぬ顔だな。言われたことを気にしているのか？」

父に気遣われ、小姫は力なく頷いた。

「確かに私は土御門の倫子さまに物語を献上しております。それは、倫子さまが心から私の物語を楽しみにして下さるからです。なれど、そんなことを知らぬ人から見れば、仇の一族の側についたように見えるのでしょうね」

——文学を弄び物にしている。

耳の奥で男の声がこだまするようだった。小姫は自嘲気味に続けた。

「やはり女子は、書き物などせぬ方がよいのでしょうか。文学《ふみ》の値打ちを下げているのだとしたら」

蜻蛉の方や自分のやってきたことが、文学の価値を下げるとするならば、これまで自分がしてきたことは、無為どころか害悪でさえあったのだろうか。そう思うと、小姫はこれまで拠《よ》って立っていた地面が崩れるような気になった。

「男は、そなたたちのように書くことはできぬ」

為時はただ一言そう語った。その言葉は闇夜を照らす月光のようだった。眩しい月光が父と娘の顔に降り注いだ。

為時は、ふと思い出したように呟いた。

「今宵《こよい》は二十一日だったな」

「さようでございますが」

「明日は、あの日だな」

「明日？」

為時は、一つ息をついた。それから何も言わず、そのまま部屋を出て行った。小姫は、月の光溢《あふ》れる部屋の中に一人取り残された。

*

あくる日の深更。

山科《やましな》の元慶《がんぎょう》寺《じ》の一隅に為時の姿があった。風はなく蒸し暑い夜だった。月の光ばかりが夜空を圧し、どこか殺伐とした空気がある。皇室ゆかりの寺として格の高い寺院だが、この日は息を潜めるように静まり返っていた。

境内は花の季節には百花の園となった。しかし、夏の夜の今は、茂る葉が重苦しいほど幾重にも重なり、闇以上の暗い影を落としていた。

為時は仕立て下ろしの装束に身を包み、境内に立つ。黙ったまま威儀を正すと、本殿に向かって拝礼した。

背後の前栽の後ろで、微《かす》かに動く影があった。

「やはり、お前も来たのか」

為時は振り返らずに言った。人影は意を決したように進み出た。

「師匠もお出《い》でになっていたのですね」

それは、元門弟の男だった。これも朝廷に出仕するように身なりを整えていた。

二人はどちらからともなく、再び本堂に目を移した。今宵は、六月二十二日。四年前のこの夜、為時と男が仕えていた花山帝は、この寺で出家を遂げたのだった。花山帝はその後二年をこの寺で過ごし、今は諸国を旅している。

為時は、この日が来る度に密《ひそ》かに参上し、不本意な形で位を退かねばならなかった主君を思った。そして部下として助けられなかったことを詫び、主君不在の本堂へ向かい許しを請うた。

「出奔した後も、お前がこの日ここへ来ていることは知っていた」

男は無言のままだった。為時は向き直って語りかけた。

「お前が、摂関家に恨みを抱いていることは知っている。その気持ちは変わらぬのだな」

「主上《おかみ》があのまま在位されておれば、私たちの人生もまた違っていたことでしょう。主上は新しい政を目指しておられました。彼奴《きゃっ》らはそれを阻止しようとして、畏れ多くも主上を詐《いつわ》り申し上げたのです」

男は語気を強めた。

「彼奴らの為した行いは、天を欺く悪行です。悪行は罰せられねばなりませぬ」

「さればとて、お前が今口にしていることは、ただの私怨だ」

為時は静かに、しかし決然と断じた。男は目をむいた。

「私怨と仰せになるか。師匠は今や、摂関家に伝《つて》を得られ取り入ろうとされているではありませぬか。師匠こそ、主君への恩を忘れた裏切り者……」

さすがに言い過ぎだと思ったか、男は気まずそうに口をつぐんだ。

為時は黙って目を伏せた。忍びやかに勤行《ごんぎょう》の声が聞こえてきた。

「己れに克《か》ちて礼に復《かえ》るを仁と為す」

為時は誰に言うともなく言った。男は硬い表情のまま応えた。

「一日己れに克ちて礼に復れば、天下仁に帰す。仁を為すはまず自分からだ、とでも仰りたいのですか」

為時が口にしたのは、論語第十二顔淵《がんえん》篇にある問答だった。孔子《こうし》が、弟子の顔淵から仁の意味を問われ、返したのがこの言葉だった。


　己れに克ちて礼に復るを仁と為す。

　一日己れに克ちて礼に復れば天下仁に帰す。

　仁を為すは己れに由《よ》る、而《しこう》して人に由らんや。


(己に克ち、私利私欲から解放されて、調和の大法則である礼に帰るのが仁である。上に立つ者がひとたび意を決してこの道に徹底すれば、天下の人心もおのずから仁に帰向するであろう。仁の実現はまずみずからの力によるべきで、他にまつべきではない)

男は、旧師から諭されるのを拒むようにかぶりを振った。

「そのような言葉は欺瞞《ぎまん》です。仁の道を歩めば天下が仁に帰ってくるなど、迂遠《うえん》も甚だしい」

「仁の道が迂遠と言うなら、お前が為していることは何だ？」

為時はかつての門弟の顔をじっと見据えた。男は、師からそらすことない視線を注がれ、たじろいだ。

「わ、私は間違ったことはしておりませぬ！」

「そうか？　お前がやっていることに大義があるというのか？　まことにそう思うのか？」

為時は有無を言わせず畳みかけた。

「鳴滝におられる方は、亡き夫の菩提《ぼだい》を弔っておられるだけだ。それを邪魔しようと、多勢で圧倒して誹謗《ひぼう》する輩《やから》に加担することが正しいことか？」

強く迫る為時に男は何も答えられなかった。

「兼家公は亡くなられた。死者は手厚く祀《まつ》られるべきなのだ。それを冒瀆《ぼうとく》することは何人《なんぴと》たりとも許されぬ」

「そうでしょうか」

男は顔を歪《ゆが》めて抗弁する。

「かの者のために、主上も私たちも人生を変えられたのです。そのような者の菩提などにいかほどの値打ちがありましょうや」

「誰であれ、生前に為したことが功か徳か罪業なのか、一言では決められぬ。しかし、死者となったその者はもう、何もすることができぬ」

為時の言葉はこれまでにないほど強かった。

「生前の所行とは別に、冥福《めいふく》を祈ることが生きている者の役目だ。お前はそんな道理も忘れたのか」

二人を照らす月の光は、少し淡くなっている。それとともに、東の空がしだいに白み始めた。

「お前が、御退位のあおりで出世の道を閉ざされた恨みを持つのは分かる。なれど、それを鳴滝におられるあの方にぶつけるのは筋違いであろう」

説き聞かせる師に、男は背を向けた。そのまま立ち去ろうとする。為時は構わずその背に言葉を掛けた。

「まことは、お前も分かっておるのではないか」

男は雷に打たれたようにびくりと足を止めた。

どこからともなく涼しい風が吹いてきた。かぐわしい草木の香りが夏の朝の空気に満ち始める。男の肩が震えているように見えた。

「私は……」

男が振り返って何か言おうとした。しかし、言いさしたまま唇を噛《か》んだ。再び背を向けるともう振り返らずに立ち去った。

為時は、遠ざかる門弟の背を静かな眼差《まなざ》しで見送った。

六

数日後——。

寺の門前に、例の門徒たちがひしめき合っていた。彼らは山門から中を覗《のぞ》き込んでいる。中では、法師が住職と蜻蛉の方との談判に臨んでいるはずだった。

法師は、先日の部屋で住職と向かい合った。几帳を置いた御簾《みす》の奥には蜻蛉の方が端座している。廊《ろう》に面した柱の陰には、お付きの若女房が二人、顔を伏せて控えていた。

法師は、傲然とした態度を隠そうともしない。

「御覚悟は定まられたか」

住職はそ知らぬ顔で穏やかに返した。

「はて、覚悟とは異なことを申される。何か覚悟しなければならぬようなことがございましたかな」

「そちらから呼び立てておいて、とぼけるおつもりか。寺を明け渡す話であろう」

「何故明け渡さねばならぬのか分かりませぬが」

「我が門徒を、こちらの筋の者が殺《あや》めようとした責任を、忘れたと言われるか」

住職は返事をせずに御簾の方を見やる。御簾の中から、蜻蛉の方が静かに答えた。

「それは違うでしょう。まことは、私の知り合いの従者が、あなたの門徒が階段から落ちるのを救おうとしたのではないですか」

蜻蛉の方は落ち着き払っていた。法師は恫喝《どうかつ》するような声で応じる。

「この期《ご》に及んで、真実をねじ曲げようとなさるか」

「真実をねじ曲げようとしているのは、あなたではありませぬか」

蜻蛉の方の声には毅然《きぜん》とした響きがある。

法師は勝手の違いに戸惑ったようだが、虚勢を張るように続けた。

「亡夫の権力を笠《かさ》に着て、無理を通そうとしても無駄ですぞ。此方の門弟が瀕死の重傷を負ったのは間違いのないことだ」

「その門弟は、何処《いずこ》にいるのですか。寺の内で怪我を負われたのは事実なのだから、見舞いをしたいのですが、今日は来ていないようですね」

蜻蛉の方にただされて、法師は返事に窮した。

「門弟は……、傷の養生をさせるため、田舎《いなか》に帰しており申す」

法師が目を泳がせる。しかしすぐに、御簾の方に向き直った。

「見舞いなどと言って、誤魔化すおつもりか。死にかねない怪我を、誰が好き好んでしようか。見ていた者がおらぬ以上、我が門弟の言い条《じょう》こそが真実を物語っていよう。寺域で起きたこの罪の責任を、どうあっても取っていただかなければ」

「では、見ていた者がいたらどうですか」

蜻蛉の方はそう言って廊にいる若女房たちに向け手を叩いた。顔を上げた二人の女房は小姫と月乃だ。二人の側に、いつの間にか一人の子供が控えている。それは、あの童子だった。

「そなたが見たことを話してご覧なさい」

蜻蛉の方に促され、童子は頷いた。

「あの日、私は鶴丸殿に送られて階段を下っておりました。その時、突然、脇の藪から男が襲ってきたのです」

「男がそなたを、ですか」

「さようです。男は私に掴みかかろうとしました。鶴丸殿は私を庇《かば》って男と揉み合いになりました。その時、男が階段から足を踏み外し、鶴丸殿は咄嗟《とっさ》にその袖を捉えられたのです」

「それから？」

「鶴丸殿が袖を掴んでも間に合わず、男はそのまま階段を転がり落ちてしまいました」

童子が語り終えるのを、法師は凄《すさ》まじい目つきで睨《にら》みつける。月乃が童子に尋ねた。

「なぜ、男はそなたを襲ったのですか」

「……法師さまが糾弾する奸婦《かんぷ》の許に出入りするなど怪《け》しからぬと言って」

童子は少し躊躇《ためら》って答えた。その場の目が一斉に法師へ注がれる。法師は、強硬な態度を崩さない。

「このような子供の言い分が通るものか。不確か極まりないではないか」

「子は、七つまでは神のうちと言います。悪知恵のはたらく大人より、よほどありのままを申しましょう。よくぞ話してくれました」

蜻蛉の方は童子を下がらせた。住職がおもむろに切り出す。

「さて、話は終わったようですな」

「住職まで何を言われる。あんな子供の言うことを信じると申されるか。誰かに小遣いを渡されて偽りを申しているやもしれぬではないか」

「自分がするように他人もすると思いたいのですね」

それまで黙っていた小姫が口を開いた。

「あの子の父親が自分を信用しているのをいいことに、金子《きんす》を渡して、童子に証言をさせぬよう説きつけたそうですね」

「なま女房風情が何を言う」

「隠しても駄目です。父親本人からその話を聞きましたから」

そう言って、小姫は袂《たもと》から小袋を取り出し、法師の膝元へ投げる。小袋は転がった拍子に縛った口が緩み、黄金色に光る砂がこぼれ出た。法師の目が獰猛《どうもう》に光った。

「そんな些末《さまつ》なことを暴いて、まるで鬼の首でも取ったようだな」

一渡り周囲を睥睨《へいげい》し、最後に御簾の向こうに目を向けた。

「さればとて、ここな女人が妊婦であることに変わりはなかろう。なんとなれば、自らが著《あらわ》した日記に、己が妄執や偏愛を書き連ねておるのだからな」

法師は、蜻蛉日記に綴られた内容そのものが、蜻蛉の方を糾弾する理由だと言いたいようだった。

「自らが軽んじられるとて、他の妻妾への嫉妬に狂い、夫を蔑《ないがし》ろに扱うなどのことを、自ら事細かに世間に触れ回っておる。かような所行は、法華経の説く女人成仏の道から最も外れよう。それを御仏のおわす御寺に置いておくなど、こんなに罪障深いことはない」

法師は、蜻蛉の方たちを押しつぶそうとするかのような勢いで責め立てた。しかし小姫は動じなかった。

「あなたは、蜻蛉日記を読んだことがあるのですか？」

「何だと？」

法師は思いも寄らぬことを聞かれたようだ。馬鹿にしたように続ける。

「そんな下らぬ書き物をわざわざ拙僧が読むと思うか」

「では、実際に読みもしないで批判しているのですね」

「そんなものは読まなくとも、世間の評判を聞くだけで十分だ」

「それは、読んだことのない人間が言う戯《ざ》れ言《ごと》です」

小姫は昂然《こうぜん》と言い切った。小娘に刃向かわれ、法師は顔を赤くし怒声を上げた。

「もう一度、申してみよ！」

けれども、小姫は怯まず顔を上げた。

「あなただけではありませぬ。蜻蛉日記に描かれた貴顕の私生活に当たる部分は、普通ならば世間は窺い知ることができません。なので、そこに関心が集中し、尾ひれが付いて広まったのです」

「尾ひれが付いただと？　夫の間遠《まどお》への恨みつらみが尾ひれだと言うのか」

「兼家公が、何日ごとに蜻蛉の方さまの許へお出でになっていたか、知っているのですか？」

法師が面食らったように黙る。御簾の中で、蜻蛉の方は耳を澄まして聞いているようだった。

「ほぼ三、四日ごとにお通いになっておられます。これは、他に妻がおられる殿方としては、取り立てて間遠ということはございません。兼家公は、蜻蛉の方さまを妻としてきちんと処遇しておられたと言えます。実際に日記を読めば分かることです」

小姫の隣で、月乃が小さくなった。法師は更に抗《あらが》った。

「ならば、なぜ恨みごとを書くのだ。夫の疎遠を憎んだからだろう」

「謙辞という言葉をご存じですか？」

小姫は落ち着いて答えた。

「例えば、恋愛において、男女が和歌をやり取りする場合、実際は順調に運んでいるにせよ、それをそのまま歌にすることはありません。それでは歌にならないからです」

月乃が納得したように同意する。

「確かに、恋愛の歌で、何の悩みもなく幸せだという歌はあまり見かけませんね。形なりとも、思いが通じず不幸だと嘆く歌が多いです」

小姫は頷き返した。

「恋の和歌のやりとりは、相手の不実を責めることが定型です。たとえ、それがあってもなくても」

「あってもなくても？」

「和歌には作法があるではありませぬか。好きだ、幸せだなど直截《ちょくせつ》に言い表すのではなく、謙辞という形が大事なのです」

恋歌には手順があり、自分の気持ちは、形の決まったやりとりを踏みながら、その枠の中で表すものだった。相手から気持ちが寄せられたらすぐに応じるのではなく、まず和歌のやり取りから始める。その中で、形だけでも真意を問い、つれなさを嘆き、不実をなじりながら距離を縮めるのが定石だ。

「幸せであることを、そのまま露《あら》わにするのは無粋なことです。それを文字にするならなおのこと」

　自分たちの生きる世界は、まことがどうあれ、それをありのまま表出することは避ける傾向にある。もちろん、することもなくはないが、元となる気持ちに技巧や表現という名の晴れ着をまとわせるのを良しとする。それを成熟と呼ぶのだろうと、小姫は口にしながら思った。

「だから、不仲や嫉妬が描いてあるからといって、それが紛れもない真実だと断定するのは早計なのです。では、ございませぬか？」

　小姫は御簾の方を見た。蜻蛉の方は答える代わりに微かに衣擦《きぬず》れの音をさせた。それは、微笑む顔を袖で隠したためだと小姫は察した。

「何が言いたいのだ！」

　法師が苛立《いらだ》ちも隠さずに大声を出す。

「あなたは、勘違いをしたのです」

「どういう意味だ」

「あなたの蜻蛉の方さまへの批判は空回りだということです。実際に日記を読んでみれば分かったはずです」

小姫に諭されて、法師は返事ができなかった。自分の面目が丸つぶれなのを悟ったように体を小刻みに震わせる。

「なれど、この女人は、夫を嫌って長く寺籠《てらごも》りをしたそうではないか」

「長いといっても、三七《さんしち》二十一日間の寺籠りは、本格的な参籠《さんろう》期間としては珍しくありませぬ。それに」

小姫は一旦言葉を切って法師を見た。

「参籠明けに迎えにこられたのは兼家公御自身です。疎んじている妻にそんなことをなさるでしょうか」

御簾の中から声がした。

「そこまでになさい」

この場の勝敗は明らかだった。蜻蛉の方は諭すように法師へ語り掛ける。

「このままここから退きなさい。そうすれば、今日のことは外に洩らしません。外にいるあなたの門徒にも内密にいたしましょう」

法師に選択の余地はない。悔しげに唇を噛むと、そのまま立ち上がった。

「お待ちなさい」

すかさず蜻蛉の方は呼び止めた。法師は怪訝《けげん》な顔をする。

「一人で出ては、門徒たちから首尾を聞かれますよ」

そして、蜻蛉の方は住職に向かって「お願い致します」と声を掛けた。住職は心得ていたように、すぐさま立ち上がる。

「では、参りますかな」

住職に連れられるようにして法師は出て行った。

住職とともに法師が和やかに出てきたら、門徒たちは拍子抜けするだろう。しかし、高名な寺の住職と対等に渡り合い、山門まで見送られる姿を見せれば、法師の面目は保たれるに違いなかった。

これしかない決着だと、小姫は感服した。そこまで考えた蜻蛉の方の慮《おもんぱか》りは、さすが亡き辣腕政治家の妻ならではだった。

危機が去った後、小姫は月乃と御簾を巻き上げ、蜻蛉の方と三人で微笑みを交わした。

七

月乃は、鶴丸に朗報を伝えるため先に帰った。

小姫はほっとしながら、蜻蛉の方と二人で落ち着いて会話を続けた。

「日記とは異なり、蜻蛉の方さまは、まことはお幸せでいらしたのですね」

実を言うと、蜻蛉の方が嫉妬深く夫を困らせて山寺へ籠もったという噂は、宮廷社会では有名な話だ。月乃や法師だけでなく、噂を鵜呑《うの》みにして信じている者は大勢いる。

「何が幸せなのかは、他からは窺い知れませぬ」

蜻蛉の方は達観したような顔で、外に目を転じた。夏草のなびく向こうに、山門がわずかに見える。かつて夫兼家が迎えに来た大門だった。夕暮れの風に乗って、かそけく蛙《かえる》の鳴く音《ね》が聞こえてきた。

「それにしても、あなたは丹念に読んでくれていたことです。やはり物語を書く人はしっかり読むのですね。執筆は大変でしょうが、あなたの次作も楽しみにしていますよ」

蜻蛉の方が温かな眼差しを向けてきた。それは、自らが上ってきた階梯《かいてい》を、今から上り始めようとする後進を照らさんとするような眼差しだった。

小姫は、思い切って自分の悩みを打ち明けた。

「実は、私の物語には、光る君誕生の頃のお話がまだありませぬ。物語の始まりをどう書き起こせばよいものか迷っております」

それはまだ手をつけられていない、倫子からの課題だった。

小姫としてもその依頼に応えたかったが、一方で安易に端緒を開くわけにいかないことも承知していた。

これまで光る君の物語を、短い恋の話として幾つか描いてきた。初めに書いた話の評判が良く、続きを求められるままに、一つまた一つと書いた。そうして書き続けている間に、主人公の光る君という人間が少しずつだが見えてきた。光る君は、小姫が最初着想した時よりもっと深い葛藤や業《ごう》を抱えた人物としての片鱗を見せ始めていた。これまで描いた細い流れは、いずれ絡まり合い束ねられ、まだ見たことのない大河に成長する予感があった。

――この物語を貫く幹が欲しい。いつか、この光る君の生涯を一代記として書き上げるために。

祈りのような願いが、小姫の内に次第に膨らんでいた。

光る君の父母の馴《な》れ初《そ》めは、おぼろげに見えてきたこの壮大な物語の濫觴《らんしょう》となる、大切な首巻となるはずだった。

「書きたいのは山々なのですが、そもそも初めの一行をどう書き出せばよいのか分かりませぬ」

この難題は誰にも相談できなかった。今、その教えを乞う相手は、女流日記の第一人者である蜻蛉の方以外にいないことに気づいた。

蜻蛉の方は何事か思案した。そして、ついと次の間へ行き、一冊の草子を持ってきた。

「こちらを知っていますか」

それは、歌人伊勢《いせ》の御《ご》の家集、いわゆる伊勢集《いせしゅう》だった。

伊勢は百年ほど前、宇多《うだ》帝の中宮温子《おんし》に仕えた伝説的女房歌人だ。小姫や蜻蛉の方と同じく受領階級出身で、宇多帝やその皇子から寵愛《ちょうあい》された。御子《みこ》を産み伊勢の御と呼ばれた。

「私の日記は、この家集を大いに手本にしたところがあります。もしかしたら、あなたの物語にもよい手がかりとなるかもしれませぬ」

小姫は、ぼんやり構想している光る君の母の素案を思い出した。それは、言われてみれば伊勢の境遇と似ている。

そしてまた、蜻蛉の方も貴人に愛された才女という意味で伊勢に似ていた。小姫は、蜻蛉日記が伊勢集を参考にしていることを初めて知った。目の前の歌集に何が書いてあるのか俄然《がぜん》興味が湧いてくる。と同時に、それまで霞《かすみ》の向こうにいた光る君の母が、急にはっきり浮かび上がってきた。

「あなたは、これからも物語を書き続けなさい」

蜻蛉の方は力づけるように語りかけた。

「あなたの物語には、か弱きもの、あわれなるものへの優しい眼差しがあります。それが読む人を勇気づけているのです。あなた自身は、気づいていないかもしれませんが」

小姫を見る眼差しがひときわ光った。

「それこそが、紙に書き記す価値のある仮名の物語です」

蜻蛉の方の言葉に、小姫は父が言ったことをふいに思い出した。

——男は、そなたたちのように書くことはできぬ。

物語は、人を勇気づけることができる。

小姫は父が伝えたかったことに思い至った。それとともに、もしもそれを妨げようとする向きがあるのであれば、決して負けてはならないのだと気がついた。

「ありがとう存じます」

小姫は輝くような笑顔を浮かべた。蜻蛉の方もつられて微笑みを見せる。夏の風は止み、名残りの蛍が夕まぐれの庭の隅で光り始めた。

東の空にはもう月が顔を出していた。小姫は意欲がみなぎるのを感じた。帰路はこのまま土御門邸に寄り、新しい料紙をもらい受けようと思った。倫子から下賜されるすがすがしい料紙の色が、月の白さに重なった。

小姫は、これから自分が歩む道を月光が照らしているように感じた。

文中の引用はそれぞれ、星川清孝『楚辞』（明治書院）、菊地靖彦・木村正中・伊牟田経久『土佐日記　蜻蛉日記』（小学館）、小沢正夫『古今和歌集』（小学館）、貝塚茂樹『論語』（中公文庫）、下村湖人『現代訳論語』（角川文庫）によりました。

本書は書き下ろしです。

中公文庫

平安京《へいあんきょう》は眠《ねむ》らない

――わかむらさきの事件記《じけんき》

2024年２月25日　初版発行

著　者　夏山《なつやま》かほる《かおる》

発行者　安 部 順 一

発行所　中央公論新社

〒100-8152　東京都千代田区大手町1-7-1

電話　販売 03-5299-1730　編集 03-5299-1890

URL https://www.chuko.co.jp/

ＤＴＰ　嵐下英治

印　刷　三晃印刷

製　本　小泉製本

Published by CHUOKORON-SHINSHA, INC.
Printed in Japan　ISBN978-4-12-207485-9 C1193

各書目の下段の数字はＩＳＢＮコードです。978－4－12が省略してあります。

中公文庫既刊より

た-30-19
潤一郎訳 源氏物語 巻一 谷崎潤一郎
文豪谷崎の流麗完璧な現代語訳による日本の誇る古典。日本画壇の巨匠14人による挿画入り絵巻。本巻は「桐壺」より「花散里」までを収録。〈解説〉池田彌三郎
201825-9

た-30-20
潤一郎訳 源氏物語 巻二 谷崎潤一郎
文豪谷崎の流麗完璧な現代語訳による日本の誇る古典。日本画壇の巨匠14人による挿画入り。本巻は「須磨」より「胡蝶」までを収録。〈解説〉池田彌三郎
201826-6

た-30-21
潤一郎訳 源氏物語 巻三 谷崎潤一郎
文豪谷崎の流麗完璧な現代語訳による日本の誇る古典。日本画壇の巨匠14人による挿画入り絵巻。本巻は「螢」より「若菜」までを収録。〈解説〉池田彌三郎
201834-1

た-30-22
潤一郎訳 源氏物語 巻四 谷崎潤一郎
文豪谷崎の流麗完璧な現代語訳による日本の誇る古典。日本画壇の巨匠14人による挿画入り絵巻。本巻は「柏木」より「総角」までを収録。〈解説〉池田彌三郎
201841-9

た-30-23
潤一郎訳 源氏物語 巻五 谷崎潤一郎
文豪谷崎の流麗完璧な現代語訳による日本の誇る古典。日本画壇の巨匠14人による挿画入り絵巻。本巻は「早蕨」から「夢浮橋」までを収録。〈解説〉池田彌三郎
201848-8

は-31-4
窯変 源氏物語1 橋本　治
千年の時の窯で色を変え、光源氏が一人称で語り始めた——原作の行間に秘められた心理的葛藤を読み込み壮大な人間ドラマを構築した画期的現代語訳の誕生。
202474-8

は-31-5
窯変 源氏物語2 橋本　治
平和な時代に人はどれだけ残酷な涙を流すことが出来るのか。最も古い近代恋愛小説の古典をこの時代に再現してみたい。〈著者・以下同〉（若紫／末摘花／紅葉賀）
202475-5

は-31-6
窯変 源氏物語3 橋本 治
光源氏という危険な男の美しくも残酷な、孤独な遍歴ドラマを今の時代に流行らないようなものばかり集めて華麗にやってみようと思った。（花宴／葵／賢木）
202498-4

は-31-7
窯変 源氏物語4 橋本 治
源氏はJ・フィリップ、葵の上はR・シュナイダー……フランスの心理小説と似通った部分があるから、配役はフランス人で構想。（花散里／須磨／明石／澪標）
202499-1

は-31-8
窯変 源氏物語5 橋本 治
横文字由来の片仮名言葉を使わず心理ドラマを書くのは辛い作業だ。でもこれが今一番新鮮な日本語ではないかと自負している。（蓬生／関屋／絵合／松風／薄雲）
202521-9

は-31-9
窯変 源氏物語6 橋本 治
源氏物語の心理描写は全部和歌にあり、それを外すと何もわからなくなる。だから和歌も訳したし当時の歌謡も別な形で訳している。（朝顔／乙女／玉鬘／初音）
202522-6

は-31-10
窯変 源氏物語7 橋本 治
源氏物語をただの王朝美学の話ではなく、人間の物語にしたかった。『赤と黒』のスタンダールでやろうと思った。（胡蝶／螢／常夏／篝火／野分／行幸／藤袴）
202566-0

は-31-11
窯変 源氏物語8 橋本 治
口絵はモノクロ写真。50年代ヴォーグの雰囲気でいきたかった。エロチックで、透明度がありイメージ通りの出来上がりだ。（真木柱／梅枝／藤裏葉／若菜上）
202588-2

は-31-12
窯変 源氏物語9 橋本 治
執筆中は光源氏が僕の右手の所にいて、それをコントロールする僕がいるという感じ。だから源氏物語を書いている万年筆で他のものは書けない。（若菜下／柏木）
202609-4

は-31-13
窯変 源氏物語10 橋本 治
日本語の美文はどうしても七五調になるが、平安朝のものはどこか破調が必要。七五調になる前の際どい美しさ。（横笛／鈴虫／夕霧／御法／幻）
202630-8

各書目の下段の数字はISBNコードです。978－4－12が省略してあります。

は-31-14　窯変　源氏物語11　橋本　治

女の作った物語に閉じ込められた男と、男の作った時代に閉じ込められた女――光源氏と紫式部。虚は実となり実は虚を紡ぐ。（雲隠／匂宮／紅梅／竹河／橋姫）

202652-0

は-31-15　窯変　源氏物語12　橋本　治

平安朝の美人の条件は、身分が高いこと。後ろ楯がしっかりしていること。教養が高いこと。だから顔の造形は美人の第一要素にはならない。（椎本／総角／早蕨）

202674-2

は-31-16　窯変　源氏物語13　橋本　治

僕には古典をわかり易くという発想はない。原典が要求するものしか書かない。古典に対する変な扱いを取り除きたい、それだけのこと。（寄生／東屋／浮舟一）

202700-8

は-31-17　窯変　源氏物語14　橋本　治

美しく豊かなことばで紡ぎ出される、源氏のひとり語り。現代語訳だけで終わらない奥行きと深さをもって構築された「橋本源氏」遂に完結。（浮舟二／蜻蛉／手習／夢浮橋）

202721-3

キ-3-29　日本文学史　古代・中世篇三　ドナルド・キーン　土屋政雄訳

王朝文学は『枕草子』や日本文学の最高傑作『源氏物語』を生み出す。一方、説話文学の最高峰『今昔物語』には、貴族と庶民両方の日常世界がひろがる。

205797-5

S-14-3　マンガ日本の古典 3　源氏物語（上）　長谷川法世

さまざまな女性との恋愛を通して、類い稀なる美しさと才能を発揮してゆく光源氏の青春時代――。正確な考証を礎に大胆な解釈を試みる平成版源氏絵巻。

203469-3

S-14-4　マンガ日本の古典 4　源氏物語（中）　長谷川法世

流離の地、須磨・明石からの帰京にはじまり、政界の中枢にのぼりつめる三十九歳の春まで――。絵巻の伝統技法を取り入れて描く光源氏の栄耀栄華。

203470-9

S-14-5　マンガ日本の古典 5　源氏物語（下）　長谷川法世

年もわが世も尽きぬ――。柏木と女三の宮の密通、薫の誕生、はかなく息絶える紫の上。消え行くものと生れ出づるものが激しく交差する光源氏の最晩年。

203489-1